Lourenço Mutarelli
JESUS KID

COMPANHIA DAS LETRAS

1

Não consigo respirar. Abro a boca buscando ar. Transpiro. Tremo. O lugar me oprime, estou parado na porta do restaurante. "Licença." Um homem atrás de mim diz. Dou passagem, ele entra. Meu coração bate desorientado. Acho que vou ter um infarto, ou um derrame. Tomo um comprimido amarelo. Procuro me concentrar. Penso nos trinta mil. Peso minhas dívidas. Preciso entrar.

Penso em Jesus. Evoco Jesus Kid. Jesus ajeita o chapéu de forma a esconder os olhos. Jesus Kid entra. Jesus Kid é frio. Caminha pelo suntuoso restaurante. Nada o intimida. Jesus Kid não tem medo de nada. Jesus caminha pelo restaurante. Não está tranquilo, porque sempre está alerta. Todas as pessoas no restaurante são bonitas e saudáveis. Todos no recinto possuem pelo menos trinta e dois dentes. Brancos. Eu sou feio. Meus dentes são amarelos. Jesus Kid tem o rosto marcado e uma beleza agressiva. Procuro esconder meu desconforto. Jesus Kid nunca demonstra emoção. Seu rosto é sempre igual. Jesus só ri quando morre ou quando mata. Como nunca morreu, até hoje só sorriu quando matou. Jesus faz um delicado carinho em sua Smith & Wesson cabo de madrepérola. Agora sorri por mim. Procuro os dois idiotas.

O restaurante está cheio. É hora do almoço. Todos são belos e bem-sucedidos.

Homens de negócio, mulheres de negócio. Todos fazem seus pedidos num tranquilo francês. "Eugênio?" Me viro. "Eugênio?" Vejo dois jovens alinhados. Sorrindo com seus trinta e dois brancos dentes. Eles têm, aproximadamente, um ano de vida para cada dente. "Eugênio?" Eles repetem. Percebo um volume de *A balada dos nervos* sobre a mesa. Engulo seco. Deixo que Jesus atue por mim. Jesus Kid os saúda tocando a aba do chapéu com o indicador. Eles sorriem.

— Cara, que bom que você veio.

— Eu falei que ele viria.

Jesus puxa a cadeira e senta. Nada fala. Os dois tomam café. Um estica a mão quase emocionado:

— Eu sou o Máximo, o produtor.

— E eu, Fábio. O diretor.

Apertamos as mãos. Eles continuam sorrindo. Me olham com estranheza e admiração, como se vissem um corcunda ou um anão. Um deles diz que me imaginava diferente, mais alto talvez. "Mais parecido com Jesus Kid." Diz o outro. Eu rio feito uma gueixa, cobrindo a boca com a mãozinha. Tento parecer amigável, dócil feito uma cadelinha. Trinta mil, levo dois anos para ganhar essa soma escrevendo os westerns de bolso. Fábio levanta a mão e o garçom prontamente entrega o menu. Eles olham rapidamente e proferem frases em francês. Corro o dedo pelo cardápio e escolho pelo acaso. Aponto para o garçom e digo:

— Vou querer um desses.

— Acompanha bouillabaisse?

O desgraçado do garçom tentando me derrubar.

— Por que não?

Responde Jesus Kid por mim. O garçom sai. Os dois continuam sorrindo para mim. Faço a gueixa de novo, cobrindo os dentes amarelos. Tento agir com naturalidade. Faz de conta que almoço nesse tipo de lugar todo dia.

— Eugênio, você já leu John Fante?

— John Fante?

— É, *Espere a primavera, Bandini*.

— Não. Nunca li.

— Nem *Pergunte ao pó*, ou *Sonhos de Bunker Hill*?

— Não, nunca li nada dele.

Um deles, acho que é o tal de Máximo, anota os nomes que acabou de falar num guardanapo de papel e entrega para mim.

— Tome, precisa ler, precisa ler.

— Ah! Eu vou ler.

— E *Barton Fink*, já assistiu?

— Não. É bom?

— Precisa ver, precisa ver.

Eles começam a falar entre si como se eu não estivesse ali, ou como se eu não falasse seu idioma.

— Era bom explicar os detalhes.

— É, vamos tentar dar um panorama da situação.

— E deixar bem claro que queremos esse lado pop de *A balada dos nervos*.

— Isso. Isso é fundamental.

— Porque *A balada* tem uma pegada e tanto.

— Eugênio, como você definiria *A balada dos nervos*?

— Eu definiria como western.

— Não, como você o classificaria?

Finjo pensar em algo mesmo não entendendo o que devo dizer. Procuro ganhar tempo. Preciso fumar.

— Pode fumar aqui?

— Acho que sim, tem cinzeiro.

Acendo o cigarro.

— Sabe, eu estava passando as férias no litoral e já tinha lido os livros que levei. Aí passei por uma banca, para comprar os jornais, e vi o seu livro.

— Sei.

— Eu lia muito desses pocket books quando era garoto e achei o título muito engraçado, resolvi arriscar.

— Então foi assim que você me encontrou.

— É, eu não acredito em coincidências. Eu acredito em sincronia.

— Sei.

— Então, o Fábio tava querendo rodar o seu primeiro longa-metragem e ao ler *A balada* eu pensei, esse é o cara.

— Entendo.

— O difícil foi convencer a sua editora a nos dar o seu telefone. Isso, é claro, depois de descobrir que você não era gringo e que Paul Gentleman era um pseudônimo.

— Puta pseudônimo, foi você quem inventou?

— Não, isso é coisa da editora mesmo.

— Sem brincadeira, eu considero *A balada dos nervos* a coisa mais pop que li nos últimos tempos.

— Seu livro é bom pra caralho.

— Eu procuro fazer o melhor que posso. Vocês sabem, os prazos são curtos.

— É muito bom. Essa coisa de mostrar o ridículo do western, de ironizá-lo dentro de sua fórmula, isso é ótimo.

Jesus Kid quase não consegue segurar essa. Por pouco, por muito pouco, ele não saca e dispara. Trinta mil, penso por ele... Trinta mil, engula essa pelos trinta mil. Jesus dá uma cusparada.

— Eu acho incrível essa coisa que você faz de repetir os velhos clichês.

— E o nome do personagem?! Jesus Kid! Isso é muito bom!

— Bicho, e isso porque você só leu *A balada*, precisa ver os outros... São muito bons.

— É, eu li também aquele que o cara segue o pessoal da colheita porque de longe, com a luz do sol, ele pensa que os grãos de milho são pepitas de ouro. Como chama esse, Eugênio?

— *A febre do milho.*

— E aquele que explica o nome de Jesus, como é o nome daquele?

— *A gênese do pistoleiro.*

— Puta, esse eu não li.

— Máximo, esse é impagável. Esse é antes do nascimento de Jesus, sua mãe estava grávida dele, ela já tinha doze filhos, cada um tem o nome de um dos apóstolos, eles estavam passando fome. O pai de Jesus estava no garimpo e no momento em que o menino nasce seu pai encontra uma pepita, maior que sua mão, de ouro vinte e quatro quilates.

— Fantástico!

— Espera que tem mais, a tal da pepita tem a forma de

Nossa Senhora de Guadalupe, parece até uma estatueta, por isso a mãe resolve dar o nome de Jesus para o fedelho. Só que uns bandidos ficam sabendo e saem à procura de José, nessa época Jesus ainda estava no México. Os bandidos o encontram e matam toda a família de Jesus, a mãe, o pai e todos os doze filhos. Deixam apenas Jesus, que é ainda um bebê, para contar a história.

— Porra! E como ele sobrevive?

— De tanto chorar, uma das cabras que seu pai criava lhe dá de mamar e o protege até ele completar treze anos.

— Hahaha! Essa é muito boa! Tipo Tarzan.

— Pode crer.

— Quantos livros são no total, Eugênio?

— No total, até agora, a saga de Jesus Kid inclui vinte e oito volumes.

— Isso é do caralho!

— Mas eu penso que *A balada* é o melhor, o mais pop.

— Eu concordo com você, Máximo. E você, Eugênio, qual é o seu preferido?

— Bom, na verdade estou gostando muito do que estou escrevendo agora.

— O último é sempre o melhor.

— E como é esse último?

— Nesse último ele reencontra o pistoleiro daltônico.

— Porra! O pistoleiro daltônico é aquele de *O canto da Winchester*, não é?

— É esse mesmo.

— Muito boa aquela hora que ele confunde a cor das fichas de pôquer e acaba transando com a própria mãe, que era a dona do prostíbulo.

— O cara transa com a mãe?

— É, mas ele não sabia que ela era a sua mãe.

O garçom traz os pratos. Digo para Jesus começar a comer por mim. Jesus Kid já passou muita fome e nunca recusa nada. Depois eu começo a comer, meu estômago dói, devo estar desenvolvendo um câncer de estômago ou coisa pior.

Não sei o que estou comendo, mas o gosto é bom. Parece que com poucas garfadas o remédio amarelo começa a fazer efeito. Sinto-me mais tranquilo.

— Bom, Eugênio, agora vamos falar de negócios.
— Tudo bem.
— Só que você vai ter que ler John Fante.
— Eu leio.
— E ver *Barton Fink*.
— Tudo bem.
— Você acha em locadora.
— Ou nós compramos uma fita para ele.
— Isso! Vamos te dar de presente.
— Ótimo.
— Eu já te expliquei, mais ou menos, o esquema por telefone.
— É, você falou em trinta mil por um roteiro original, é isso?
— É isso, mas não é por qualquer roteiro original.
— Sei, tem que ser um de Jesus Kid, é isso?
— Não!
— Olha, Eugênio, eu estou querendo filmar a história de um escritor, seu processo criativo, suas dificuldades e sua dor. A dor da criação.
— É aí que eu entro como produtor. Eu contatei quatro escritores de estilos diferentes, cada um terá três meses para desenvolver seu projeto. Desenvolver e concluir nesse período. Cada um irá passar esse período isolado. O processo deve ser um mergulho.
— Sei...
— Nesse período você não poderá sair do hotel.
— É, isso é importante.
— Entendo. E como será a forma de pagamento?
— Nós depositamos na sua conta.
— Eugênio, o que você gosta de comer?

— Eu como de tudo.
— Que tal comida chinesa?
— Boa ideia, Máximo, podemos falar com o King e ele manda entregar no hotel.
— Você gosta de comida chinesa?
— Tudo bem.
— Então vai ser comida chinesa.
— Do que mais você precisa?
— Bom, eu, mais ou menos, precisava de um laptop.
— Tudo bem, vamos providenciar. Você tem alguma preferência? Apple?
— Não, pode ser PC mesmo, estou mais acostumado.
— Eugênio, você é casado?
— Não, sou divorciado.
— Tem filhos?
— Não, não deu tempo de fazer.
— Isso é bom para o projeto, te liberta para o mergulho.

Estou zonzo. Não aguento mais esse papo-furado. Preciso pedir um *advance*... Jesus Kid pegou no sono. Por ora, sou eu que cuido dele.

— Me diz uma coisa, Eugênio, você conhece bem os Estados Unidos?
— Não, eu nunca saí do país.
— Porra, que coisa incrível. Nunca saiu? Mas por quê?

Que pergunta idiota. Eles devem achar que ganho muita grana escrevendo livros de bolso.

— Eu nunca saí, acho que porque eu nunca me programei.
— Isso é mais legal, é ainda mais irônico, porque todas as suas histórias se passam no Colorado, Texas, Novo México, Louisiana...
— Tem aquela no Mississippi, como chama mesmo?
— "Misse Mississippi em chamas".
— Isso! É ótimo esse título.

— Mas como você faz para escrever histórias de lugares que você não conhece?

— Eu tenho um atlas em casa.

— Quando você acabar o nosso roteiro, nós vamos te levar pra viajar. Que você acha, Max?

— Vamos, você vai rodar o mundo com a gente.

— Esse é só o primeiro trabalho de uma série. Ainda vamos trabalhar muito, juntos.

— Uma vez eu escrevi, num de meus livros, que tudo o que precisamos é de um atlas, de um dicionário e da Bíblia.

— E por que você diz isso?

— Porque o que buscamos está num deles.

— E o que buscamos?

— Um lugar, uma palavra ou um deus.

— Tá, mas não se esqueça: cinema é ação.

— Isso, você não pode se esquecer disso. Você vai escrever sobre a sua experiência, vai escrever sobre a dor da criação, dos três meses que viverá em sua clausura criativa, mas isso irá se tornar um roteiro cinematográfico. E, como disse o Máximo, cinema é ação.

— Ação, entendo.

— Isso, Eugênio, ação.

— Não venha nos encher de conflitos internos e longos diálogos.

— Isso, não venha nos trazer um monte de verborragia.

— Queremos ação, porque cinema é ação.

— Sei, mas como vou falar de uma pessoa que passará três meses trancada num quarto de hotel, escrevendo um roteiro, com ação?

— É aí que entra o seu talento.

— Por isso nós o contratamos.

— É, mas não parece fácil. Vocês não disseram que era para eu escrever sobre a minha experiência desse processo de passar três meses isolado... escrevendo?

— Isso, é isso mesmo.

— Então, onde entra a ação?

— Você não vai nos desapontar, não é mesmo?

— Eugênio, *A balada dos nervos*, preciso dizer mais alguma coisa?

— Não, mas é que *A balada dos nervos* é uma história de bangue-bangue. É a saga de um pistoleiro viajante... É ação pura, em estado latente.

— Eugênio, nós acreditamos no seu talento.

— Sabemos que não vai nos decepcionar.

Tomo um comprimido amarelo, dois brancos e um vermelho. Acho que vou ter uma trombose nas pernas. Jesus Kid se levanta e dá uma cusparada. Olha fixamente nos olhos dos dois. Garganta profunda. Jesus sempre apelida seus inimigos. Ele os chamou dessa forma porque os caras falam demais.

2

Jesus Kid entrando no saguão do hotel. Uma semana se passou. Foi o tempo que me deram para arrumar os detalhes da minha vida lá fora. A única coisa que deixei para trás foi o meu gato Alazan e uma porção de dívidas que pretendo quitar assim que receber os primeiros dez mil. Não consegui pedir um adiantamento. Nem eu nem Jesus, por motivos óbvios. Jesus Kid é um homem de raras palavras. Os gargantas profundas me asseguraram que esta semana entra o primeiro depósito. Três meses, dez mil por mês. Já está tudo planejado. Na primeira semana farei tipo um diário, relatarei cada detalhe do meu dia a dia, depois em um ou dois dias concluo o resto acrescentando um punhado de ação. Nunca sofri do tal "branco do papel", nunca tive nenhuma crise criativa, nunca tive tempo para essas frescuras. Escrever é o meu ganha-pão, nada mais do que isso. Trinta mil. Os gargantas devem ganhar isso por mês. Quando me contataram por telefone e fizeram essa proposta de passar três meses num hotel escrevendo em troca de trinta mil, me vi igual a um desses desenhos do Pica-Pau. Surgiram, no balão de meus pensamentos, mulheres, iates e um monte de saquinhos gordos e brancos com um cifrão pintado no meio. O resto do tempo que sobrar eu aproveito e escrevo mais uma aventura de Jesus Kid. As palavras vertem de mim com grande facilidade.

    Não passarei pelo que passou o sr. Fink. Eu assisti ao filme. Não ganhei, tive que alugar e ainda gastei uma grana com os livros do sr. Fante. Nada de mais. O livro é um desses livros, não é um western. E o filme é dessas coisas que os americanos costumam fazer. Antigamente eles tinham John Wayne, John Ford, Lee Van Cleef, agora não lhes restou nada. Isso sem falar nos *spaghetti* de Sergio Leone. Bons tempos aqueles.

    "Senhor?" Escuto. Jesus percebe do outro lado do balcão um homenzinho com uma roupa engraçada. Tipo esses macaquinhos que dançam e seguram uma caneca para receber uma moeda para algum cego, ou aleijado, ou cego e aleijado.

— Bom dia, senhor.
— Salve.
Diz Jesus Kid. Rapidamente Jesus o batiza, "Chet". Jesus assistiu *Barton Fink* comigo. Ele gostou, conseguiu pôr o sono em dia enquanto o filme passava.
— Posso ajudá-lo, senhor?
— Acho que deve ter uma reserva em meu nome.
— Vamos ver, vamos ver... Qual é sua graça, senhor?
— Eugênio. Eugênio de Souza e Silva.
— Vamos ver... Vamos ver...
— Aqui. Ah! O senhor é o escritor.
— Isso.
— Deveria ter dito logo. Veja, tem um contrato que o senhor deve assinar.
Chet entrega um envelope a Jesus. Jesus dá uma cusparada e abre o envelope com a faca que guarda na bainha de sua bota. Sim, é a mesma faca com que ele matou o cacique Cachorro Louco em *A balada perdida*, livro que antecede *A balada dos nervos*. É um longo contrato, mais de quinze páginas.
— Será que você sabe qual o conteúdo desse contrato?
— É muita página para ler, não é mesmo?
— É.
— Bom, esse é um contrato firmado entre o sr. Máximo e o hotel.
— E diz?
— Sabe, sr. Souza e Silva...
— Pode me chamar de Eugênio, Chet.
— Desculpe, senhor, mas meu nome não é Chet.
— Acredite, seu nome é Chet.
— Bem, sr. Souza e Silva...
— Me chame de Eugênio, já disse.
— Então, por favor, me chame de Arlindo. Porque Arlindo é o meu nome.

— Falou, Chet.

Chet coça a cabeça. Talvez eu deva mandar Jesus afrouxar um pouco a guarda.

— Quer saber o que contém o contrato, sr. Eugênio?

— Por favor.

— O contrato reza que o senhor permanecerá no hotel pelo período de três meses. Nesse período o hotel lhe oferecerá o café da manhã e os serviços de quarto. Qualquer despesa extra, incluindo ligações telefônicas, será cobrada à parte. Igualmente, qualquer consumo no restaurante, no bar ou no frigobar.

— Sei.

— Quanto às suas refeições, me informaram que foi feito um convênio com o restaurante Ching Lig, que fica aí ao lado do hotel.

— O.k.

— Todo e qualquer eventual dano ao patrimônio do hotel recairá sobre vossa senhoria e será computado como despesa e vossa senhoria arcará com o reembolso.

— Você fala bonito, Chet.

— Obrigado, mas não são minhas as palavras. Estou apenas transferindo o conteúdo de vosso contrato.

— Onde eu assino, Chet?

— O senhor deve assinar na última via e rubricar cada uma delas.

Jesus se prepara para assinar, mas rapidamente tomo a caneta de sua mão e assumo o controle.

— Só mais um detalhe, sr. Eugênio.

— Diga.

— Nesse período o senhor não poderá deixar o hotel.

— Eles me disseram isso.

— Caso o senhor saia, isso implicará rescisão de contrato.

— Combinado, Chet.

— Nesse caso recomendo que o senhor leia o parágrafo pertinente à rescisão de contrato e os eventuais encargos.
— Depois eu leio, Chet.
— Como queira, senhor.
— Obrigado, Chet.
— Seja bem-vindo, senhor.
— A gente se vê.
— Deixe-me ajudá-lo com a bagagem.
— Não será preciso, Chet, é só essa malinha que carrego.
— Sendo assim: seja bem-vindo, senhor. Aqui estão suas chaves e este é um cupom que lhe oferece um drinque grátis no bar. Cortesia da casa.

Jesus Kid toca a aba de seu chapéu com o indicador e caminha em direção ao elevador. Assumo o controle, tomo dois dos comprimidos amarelos e entro no quarto do hotel. Tudo, até o momento, soa um tanto Fink, ou Fante.

O quarto é espaçoso. Jogo minha mala sobre a cama da direita. São duas camas de solteiro. A da esquerda é muito perto da janela. Há uma mesinha num canto e junto dela uma confortável poltrona. Na cabeceira da cama tem um monte de botões que controlam as luzes e o ar. Ali também está o controle da TV, sustentado por um treco de acrílico. Bem em frente à cama tem um aparador, tipo penteadeira, com espelhos. Na parede, próxima ao teto, está a TV.

O banheiro é igualmente espaçoso e dispõe de vaso, bidê, uma pia muito ampla com gabinete e uma bela banheira. É disso que eu preciso. Em casa não tenho banheira.

Ligo a água para encher a banheira e, enquanto a tempero, percebo que não há uma daquelas tampinhas plásticas para impedir que a água escorra ralo abaixo.

Entra cena de ação:

Jesus se abaixa e sai de quatro pelo banheiro, praguejando, enquanto procura pela maldita tampa. Quando percebe que o fiz se curvar e ainda por cima engatinhar pelo piso do banheiro, Jesus Kid se põe de pé e saca o revólver com cabo de madrepérola. Jesus me vê no espelho e me reprime com seu olhar. Seu olhar é frio e cortante. Sinalizo para que ele mantenha a calma, se ele sorrir estarei morto.

— Foi sem querer, Jesus! Foi um ato impensado o que te fiz fazer... Me perdoe.

Compreendo a frieza de seu olhar e assumo o meu erro me pondo de quatro.

— Isso não vai salvar sua pele.

— Me perdoe! Me perdoe! Eu sei que o serviço sujo deve ser feito por mim. O que posso fazer para reparar meu deslize?

— Mie.

— Miar?

A água escorre pelo ralo da banheira, me desconcentrando.

— Mie, feito um gatinho.

— Miau, miau, miau.

— Deveria matá-lo por se portar dessa forma. Você é patético. Parece um maricas.

Reassumo o controle. Jesus Kid me deu uma chance. Nasço de novo. Quase tive um rompimento de aneurisma. Perdi Jesus. Não sinto mais sua presença por aqui. Esse é o castigo. Esse é o seu pior castigo. Quando erro, ele me abandona.

Me ponho de pé e mergulho minha nuca sob a torneira da pia. Preciso me acalmar. Pego um copo que está envolto num plástico sobre o gabinete, rasgo o saco, encho o copo com água da pia, apanho dois betabloqueadores e os engulo.

Caminho até o aparelho telefônico e chamo a recepção.

— Bom dia, posso ajudar, sr. Eugênio?

— Chet?!

— Sim, senhor, aqui é Arlindo.

— Chet, eu preciso de uma dessas tampinhas para tapar o ralinho da banheira.

— Deve haver uma aí sobre a banheira. O senhor já procurou?
— Procurei, não tem tampinha nenhuma.
— Tudo bem, sr. Eugênio. Vou providenciar.
— Obrigado, Chet.
— Por nada, senhor.

"Senhor." É o que ouço quando ia devolver o fone ao gancho. Aproximo o fone novamente do ouvido.

— Chet?
— Senhor?
— Você dizia alguma coisa?
— Eu perguntei que tipo de livros o senhor escreve.
— Westerns, Chet, westerns.
— São os melhores.
— Não tenha dúvidas, meu caro.
— Vou providenciar a tampinha.
— Eu estarei por aqui.

Já se passaram quinze minutos e a tampinha não vem. A única coisa que se move aqui no quarto é o ponteiro de segundos no relógio da parede. O relógio marca dez horas e aproximadamente quarenta e oito minutos. Estou deitado olhando o teto. Vai ser duro tirar ação daqui.

Batem na porta. Devo ter adormecido. Levanto e abro a porta. Vejo um homem vestido de chinês.

— Seu Eugênio?
— Isso.
— O almoço.
— Que horas são?
— Pouco mais de meio-dia.

Ele me entrega duas sacolas. Numa vejo uma caixa quadrada onde está escrito "Ching Lig", na outra há uma caixa igualmente quadrada, outra comprida e um biscoito da sorte ensacado.

— O senhor precisa assinar aqui, seu Eugênio.
— Não tem refrigerante?

— Não mandaram.
— Você tem uma caneta?

O homem vestido de chinês me entrega a caneta, ponho as sacolas na mesinha e assino o recibo. O homem que finge ser chinês espera uma gorjeta, eu finjo não entender.

Frango xadrez, na primeira caixa quadrada. Arroz chop suey, na outra caixa quadrada. Rolinho-primavera, na caixa comprida.

Pego uma Coca no frigobar.

A comida está fria e eu sem fome.

Parto o biscoito da sorte.

"A tudo que aferes desdobra-te."

Isso é o que diz o biscoito da sorte. Nunca consegui decifrá-los. De repente sou tomado por Jesus, ele me invade, levanta e caminha até a mesinha. Jesus Kid devora o conteúdo das caixas do Ching Lig. É bom tê-lo de volta. Para quebrar o gelo, mostro a ele o papelzinho que veio no biscoito.

— E então, sábio pistoleiro solitário, como você interpreta esta frase?

Jesus Kid come o papelzinho da sorte. Não está para brincadeiras. Resolvo chamar a recepção novamente:

— Chet?
— Pois não, o senhor chamou a recepção?
— Sim, Chet. Cadê a tampinha?
— Senhor, aqui não temos ninguém com esse nome, e de que tampinha o senhor está falando?
— Como é seu nome?
— Francisco, às suas ordens.
— Chico, o negócio é o seguinte, há mais de duas horas eu pedi uma tampinha para poder usar a banheira e até agora não veio.

— Tampinha?
— É, dessas tampinhas de plástico para tapar o ralinho da banheira.
— Sei, já sei de que tampinha o senhor está falando.
— E então? Você pode me providenciar uma?
— O senhor já procurou sobre as bordas da banheira?
— Já.
— E não encontrou nenhuma?
— Se eu tivesse encontrado, você acha que estaria pedindo uma?
— Estou providenciando, senhor.
— Outra coisa, ficaram de me entregar um laptop. Não deixaram aí na recepção?
— Não, senhor, não deixaram nada para o senhor.
— Tá. Estou esperando a tampinha.

Para ganhar tempo, começo a desfazer a mala e acomodar as roupas no guarda-roupa. Jesus Kid está dormindo na cama da esquerda. O chapéu cobre seu rosto. O revólver com cabo de madrepérola descansa embaixo de seu travesseiro. Batem na porta. É um homem com roupa de macaquinho, não é Chet. Traz a tampinha. Encho a banheira. Jogo umas bolinhas de fazer espuma na água e grito:

— Jesus! Seu banho está pronto.

Jesus Kid tira suas vestes negras e afunda na espuma.

3

O ponteiro de segundos é a única coisa que se move nesse quarto. Meu coração é ainda mais rápido, muito mais rápido. Meu coração é ação pura, brutal, fantástica. Jogo mais dois betabloqueadores para dentro. Adiciono a eles dois dos amarelos e um dos brancos. Passei muito tempo na banheira, tenho medo de ter pego uma gripe. Ou uma pneumonia, ou pior, uma pneumonia asiática. Ligo a TV. Santa Bárbara! Uma garota de colante pink se exercita de maneira quase chula. Jesus me invade e seu olhar, de lobo faminto, mesmeriza sua presa. "A cadela em pink", como Jesus a batiza, se move de forma muito convidativa. Não contendo o animal dentro de si, Jesus Kid uiva. "É um, é dois, é três e quatro..." A cadela em pink profere. Agora a câmera dá um close em sua rabada, como diria Jesus. "É um, é dois, é três e quatro..." Profetiza a cadela em pink. Santa Bárbara! Por falar em santa Bárbara, é sua a culpa por eu estar sem televisão em casa. Na última tempestade um raio queimou o aparelho. Quando digo última tempestade, me refiro à última antes do televisor queimar, isso faz uns dois anos.

"É um, é dois, é três e quatro..." Isso, sim, é ação! O telefone toca. Aperto *mute*, e atendo.

— Eugênio?
— Isso.
— Eugênio, é Max.
— Max?
— É, o Máximo.

Garganta profunda, me recorda Jesus. "É um, é dois, é três e quatro", leio isso nos lábios da cadela.

— Como vai, Max?
— Eu estou ótimo, e você? Está bem instalado?
— Está tudo de acordo.
— Que ótimo. Estão te tratando bem?
— Sim, tudo bem.

— Eugênio, eu vou estar passando aí no fim da tarde para te levar o laptop.

— Isso é bom, assim posso começar.

— Grande! Então a gente se vê logo mais.

— Eu vou estar por aqui.

— Combinado. Um abraço.

— Outro.

— Ah! Eugênio, não se esqueça: ação!

— Não me esquecerei.

"É um, é dois, é três e quatro..." Entra um anúncio falando sobre algo que é extraído do tubarão e serve tanto para emagrecer como para curar o câncer. Uma hora e cinquenta e cinco minutos. Vai ser um longo dia.

Desligo a TV. Ando pelo quarto. Leio, num pequeno cardápio, os preços do que o frigobar oferta. Fumo um cigarro, depois outro e mais outro. Quatro e cinquenta uma latinha de Coca-Cola. Trinta mil, procuro me consolar. Abro as pesadas cortinas e vejo uma cidade cinzenta. Garoa. Estalo os dedos. Considerando os trinta, abro um saquinho de castanhas. Mastigo com meus dentes amarelos. Mijo. Deito. Levanto. Duas horas e dezoito minutos. Apanho um bloquinho do hotel sobre o aparador. Jogo o jogo da velha. Jesus Kid vence, como sempre.

— Pronto?

— Chet?

— Sr. Eugênio? Posso ajudá-lo?

— Chet, eu precisava de um baralho.

— Nós temos baralho aqui na lojinha do hotel. Quer que lhe envie um?

— Por favor, Chet.

— Em um minuto estará aí.

Ligo a TV. Uma mulher ensina a cozinhar. Desligo a TV. Vasculho as gavetas, encontro um Novo Testamento. Abro aleatoriamente. "Então foi conduzido Jesus pelo Espírito ao deserto, para ser tentado pelo diabo." Não dá para ignorar a semelhança com a passagem que há em "Decerto, nos veremos no deserto". Jesus Kid segue o pistoleiro daltônico pelo deserto do Colorado, no caminho, ao perceber que o que segue é uma miragem, Jesus é picado por uma cascavel.

Um dos macaquinhos do hotel bate na porta trazendo o baralho. Assino o recibo e o macaquinho vai embora. Entrego o baralho para Jesus. Jesus abre o baralho, deita na cama, tira o chapéu e o atira próximo a seus pés. Depois começa a arremessar carta por carta tentando encestá-las, como fazem os caubóis, e os americanos do cinema, para demonstrar tédio.

Imagino a câmera acompanhando cada uma das cartas. Das mãos de Jesus até caírem dentro do chapéu. Tudo em câmera lenta. Ação refinada.

Ligo a TV. Anúncios. Começo a entrar num estado letárgico. A ação, dos remédios. Os remédios agindo. As imagens da TV começam a ficar borradas... Lentas. O éter me invade. Adormeço. O sono aprofunda. Surgem imagens. Imagens borradas. Sou eu. Corro pelo hotel. Fujo de algo. De alguém. Ouço tiros. O impacto da bala me derruba. Caio. Vejo Jesus me alcançando. Ele sorri. Salto. Acordo sentado. Suando.

Saio do quarto. Resolvo explorar o hotel. São compridos os corredores. Sinto uma pontada no fígado, deve ser cirrose. Tomo o elevador. Aperto o andar do saguão, quando a porta se abre, aperto o meu andar de volta. Caminho pelo corredor. Entro no quarto. Três horas e vinte e oito minutos. Pego o baralho e ensaio uma paciência. Acendo um cigarro.

Ando de um lado pro outro. Ação. Pego o bloquinho com o timbre do hotel. Faço um brainstorm. Cavalo rinoceronte cabide retrato dúzia de ovos cachorro-quente gato hotel desespero tranquilizante ação Jesus Kid Colorado albino binóculos espadas cigarros.

Apanho o cupom que dá direito ao drinque e saio em busca do bar. Três horas e cinquenta e sete minutos. Chego ao restaurante, é o mesmo em que almocei com os gargantas. Está vazio. Um garçom me explica que lá é o restaurante e não o bar. Vivendo e aprendendo. Ele me ensina o caminho. Quando vou sair, percebo, no cantinho, atrás de uma coluna, uma mulher vestida toda de branco. Ela é linda. Está sentada diante de um prato de sopa. Pega uma colherada e leva para a boca de um velho sentado numa cadeira de rodas. Ela abre a boca tentando fazer com que o velho a imite. O velho parece uma estátua. Ela força a colher por entre seus lábios e despeja o líquido. O velho baba. Jesus toca a aba do chapéu com o indicador. Ela o vê e sorri. Jesus caminha em sua direção.

— Como vai, pequena?
— Tudo bem, pequeno.
— Serviço duro.
— Essa é a parte mais fácil.
— Imagino.
— Não, você não pode imaginar.

Do tipo durona, avalia Jesus. O velho está muito bem-vestido, roupas caras, unhas e barba bem-feitas, cabelo escovado. Só mexe os olhos, parece um boneco de cera. Parece um boneco que uma criança abandonou e deixou largado num canto. O velho anseia por uma nova criança que lhe empreste vida. Jesus Kid saca a Smith & Wesson e a encosta na cabeça do velhote, depois sorri. Assumo o controle e o faço guardar. Ele iria repetir o que fez com o velho baleado que encontrou caído nas planícies do Arizona em *Duplo assassinato no Occident Express*. O velho está muito ferido, caído ao lado de seu cavalo morto, Jesus se aproxima e o velho lhe pede um pouco de água. Jesus então pergunta:

— Quantos anos você tem, vovô?
— Sessenta e um.

— Então já sofreu o bastante.

Jesus apoia o cano de sua Smith & Wesson na testa do velho e sorri. Depois dispara. Partes do cérebro aderem a um cacto. É o que chamamos de tiro de misericórdia. Ninguém é mais misericordioso do que Jesus.

— Ele não se mexe?

— Ele mexe os olhos, e os intestinos funcionam bem.

— Ele não fala?

— Ele geme.

De repente o velho olha para mim. Chego a ter a impressão de ver uma certa gratidão em seu olhar. Parece que o "fantoche", como Jesus o batiza, percebeu que lhe poupei a vida.

— Que vida ele tem.

— Fique tranquilo, acredite, ele viveu muito bem.

A enfermeira Nurse é um tanto amarga. Resolvo ir tomar o meu drinque. Ao sairmos, Jesus dá uma última olhada para o fantoche. Ação! Penso.

Caminho pelos corredores e chamo o elevador. A porta se abre. Duas mulheres, tipo modelos, muito bem-vestidas estão lá dentro. Entro. Elas desatam a rir. Jesus Kid toca a aba do chapéu. Elas riem ainda mais. Quando vou descer, uma delas aperta a minha bunda. Dou um pulinho, assustado. Quando me viro, as vejo agachadas no chão do elevador de tanto que riem. Jesus Kid saca, mas, surpreendido pelo inusitado, vacila e a porta é mais rápida e se fecha. Jesus atira para o alto. O barulho me ensurdece. Sinto uma vertigem. Tomo dois do amarelo e procuro o bar.

No bar, sentados ao balcão, vejo três homens praticamente idênticos. Não estão juntos. Estão perfilados, mas há um assento vazio entre cada um deles. Todos estão vestidos exatamente da mesma forma. Todos têm cavanhaque e o mesmo corte de cabelo. Todos estão em silêncio e seguram o mesmo tipo de copo na mão esquerda.

Entro e Jesus entrega o cupom para o garçom que está atrás do balcão.

— O que vai ser, senhor?

— Seja o que for.

O garçom me dá as costas e começa a preparar o coquetel. Na minha frente há uma parede repleta de garrafas. Um Johnnie Walker pisca para mim. É sério, o rótulo da garrafa dispõe de um dispositivo que o faz piscar.

O garçom me entrega um copo com um guarda-chuvinha e uma rodela de laranja em sua borda. Drinque de moça, sussurra Jesus, beba você, ele diz. Bebo. É doce demais. Algo tipo tubaína com vodca.

— Seja bem-vindo, senhor.

Diz o garçom. Jesus Kid quer uísque, não dou. Vamos fazer um pouco de hora. Acendo um cigarro. Os trigêmeos me olham. Os trigêmeos me reprovam com seu olhar. Eles olham meus dentes amarelos, minhas roupas baratas, eles sabem que não pertenço ao local. Mentalmente eles puxam um extrato bancário da minha conta e sorriem. Começo a suar. Jesus dá uma cusparada e estala os dedos. Saio do bar arrastando Jesus.

Entro no quarto. O telefone toca.

— Pronto?

— Sr. Eugênio?

— Sim?

— Oi, é o Arlindo.

— Arlindo? Que Arlindo?

— Como é mesmo que o senhor me chama? Fred?

— Fred? Mas que Fred?

— Não, não é Fred... Acho que é de Ted que o senhor me chama.

— Não conheço nenhum Ted.

— Aqui, da recepção. Será Ed?

— Chet?
— Isso! Chet! Isso, sou eu mesmo!
— Diz aí, Chet, como vão as coisas?
— Tudo bem, senhor.
— Então tá bom.
— Senhor, o sr. Max esteve aqui.
— Max? Que Max?
— O sr. Máximo.
— Sei, ele está aí?
— Não, já se foi.
— Ué, não quis subir?
— Nós procuramos o senhor e não o encontramos.
— Eu estava no bar.
— Eu interfonei no bar, mas disseram que o senhor não estava lá.
— Então nos desencontramos.
— É possível.
— Ele deixou algo para mim?
— Deixou um laptop.
— Ótimo, vou já buscar.
— Se o senhor preferir, eu mando entregar, aliás, sua janta já está a caminho.
— Que horas são?
— Sete horas.
— Puxa, o tempo agora voou.
— Sr. Eugênio, o senhor não se ausentou do hotel, não é mesmo?
— Claro que não. Eu estava no bar.
— Estranho, eu interfonei lá.
— Você acha que eu estou mentindo, Chet?
— Não, claro que não.
— Assim é melhor.
— Então vou mandar subir o laptop.

— Não, eu quero ir buscar.
— O.k.
Desço. Quando saio do elevador, vejo o rapaz vestido de chinês.
— Boa noite, senhor. Seu jantar.
— Pode deixar comigo.
— O senhor precisa assinar o recibo.
— Então suba, eu já vou.
— Tenho pressa, senhor.
— Tá bom, vamos subir.
Subo. Ação. Abro a porta, ponho as sacolinhas na mesinha, assino o recibo e desço junto com o falso chinês. Ao chegar à recepção, noto que Chet lê um livro de bolso. *A balada dos nervos.*
— Nada como ler um bom livro, não é mesmo, Chet?
— Sr. Eugênio! Não me diga que o senhor gosta das aventuras de Jesus Kid.
— Ah! Pode apostar.
— Puxa! Eu também sou um grande fã. Já li todos.
— Que coincidência, eu também.
— Ótimo, senhor. Veja, aqui está.
— Eu ansiava por isso.
— Senhor, posso fazer uma observação?
— Claro, Chet, diga.
— Se o senhor pensar em sair do hotel, não se esqueça que há câmeras por toda parte.
— Eu não vou sair do hotel.
Chet me entrega uma bonita bolsa de couro. Abro o zíper e confiro. Agradeço e subo. Sobre a cama, ativo o aparelho e uma estúpida vinhetinha musical nos saúda. Pronto, agora é só começar.

4

Escrevo "querido diário" e em seguida, com precisão de detalhes, relato o meu primeiro dia no hotel enquanto Jesus Kid, na outra cama, atira, carta a carta, seu baralho ao chapéu.

Feito isso, abro as caixas do Ching Lig e constato meu frango xadrez, arroz chop suey e rolinho-primavera. Dividimos fraternalmente. Pego uma Coca no frigobar para ajudar a descer. A comida está gelada.

"O exercício aplaca a solidão que o consome."

Diz o biscoito chinês. Cinco para as nove. Convido Jesus para dar uma volta, pelo hotel, é claro. Jesus diz que prefere ficar jogando cartas. Mesmo não querendo ir sozinho, acabo indo. Chamo o elevador. A porta se abre revelando os trigêmeos. Ignoro, entro e encosto as costas na parede do elevador. Nada de gracinhas. Caminhamos até o bar, eu e os três patetas. Paro na porta e aguardo que eles se acomodem. Sentam da mesma forma, sempre com o espaço de um banco de cada lado. Peço uma cerveja. O garçom pergunta o número de meu quarto. "1101." Digo. Ele anota a cerveja. Pego um guardanapo e peço uma caneta. Calculo: quatro e cinquenta mais quatro e cinquenta vezes noventa, igual a oitocentos e dez reais. Isso é o que vou pagar no final dos três meses só de refrigerante para duas refeições.

Os trigêmeos me espreitam de soslaio. Finjo não notar. É bom que Jesus não esteja presente, ele é um barril de pólvora prestes a estourar.

— Olá.
— Oh! Como vai?
Enfermeira Nurse. Ela me cumprimentou.
— E cadê ele?
— Ele dorme cedo.
— Posso te oferecer uma bebida?

— Pode.

— Garçom, sirva a moça por minha conta.

Amasso o guardanapo calculista e o atiro ao lixo.

— Uma vodca.

— À noite ele não te dá trabalho.

— Só quando tem as crises de asma.

— Ainda por cima é asmático.

— É.

— E você? Fale um pouco de você.

Ela ri. Eu faço a gueixa. Ela pega meu copo de cerveja e dá um gole. Um pouco de seu batom marca meu copo.

— Não tenho muito que falar a meu respeito.

— Ao menos um nome você tem?

— Érika.

— Érika... Boni...

— Não me venha com essa de "bonito nome"!

— Desculpe-me, mas fui sincero.

— Tudo bem, é que eu odeio esse tipo de comentário.

— Mais uma vez, queira me desculpar.

— Como se chama o senhor de quem você cuida?

— Você tem algum tipo de obsessão por nomes?

Os trigêmeos riem.

— Não, por quê?

— Porque você fica perguntando o nome de todo mundo.

— Mas eu não perguntei o nome de todo mundo, perguntei o seu e...

— Lourenço.

— Pronto.

Um pesado silêncio. O garçom lhe entrega a bebida. Ao fazê-lo, discretamente pisca para ela. E ela, discretamente, retribui. Acendo um cigarro.

— Você poderia não fazer isso?

— O quê?

— Fumar. Você poderia ficar sem fumar?
— Te incomoda?
— Sou alérgica, tenho rinite. Odeio cigarro.

Apago o cigarro e amargo um silêncio ainda mais pesado. Um dos trigêmeos se levanta e sai. Peço outra cerveja. Discretamente pego um dos amarelos e jogo para dentro. O segundo trigêmeo se vai. Encho o copo enquanto o último deles sai em intervalo regular.

— E você? Tem um nome?
— Eugênio.
— E então, Eugênio, o que te traz aqui no hotel, turismo?
— Não, estou a trabalho.
— Você faz parte da produção das pinups?
— Pinup?
— É, a convenção de pinups que está tendo aí no saguão.
— O que são pinups?
— Você sabe, as garotas... Ah! Eu não sei explicar.
— É curioso isso.
— Isso o quê?
— Essa coisa... Quando sabemos algo mas não somos capazes de explicar.
— Você acha isso curioso?
— É, curioso. Não é?
— Não sei.
— Bom, de qualquer forma meu trabalho nada tem a ver com essas pinups. Sou...
— Isso me pareceu óbvio, já que você nem sabe o que significa.
— É verdade.

Acho que Jesus Kid a teria esmurrado por essa. Sem perceber, começo a tamborilar no balcão.

— Dá para parar com isso?
— Me desculpe!

— Que coisa mais irritante! Eu odeio batucadas.
— Perdoe-me! Foi sem querer...
— E não fique se desculpando, isso é ainda mais irritante.
— Desculpe, digo...
Silêncio. Ela pede outra vodca e, penso, o garçom anota o pedido em meu nome. Beba! Beba, criatura amarga...
— Bom, eu já vou.
— Vai me deixar aqui sozinha?
— Você quer que eu fique?
— Não. Quer ir embora, vá.
— Eu não quero ir embora, mas achei que não estava agradando.
— Você tem complexo de inferioridade, não tem?
— Não sei, talvez.
— Credo!
— Isso te incomoda, digo, se eu tiver?
— Isso é muito irritante! Eu odeio autopiedade.
— Eu fiquei curioso para ver as pinups.
— Vá ver, assim você aprende o que é. Elas estão no auditório, é no mezanino do saguão.
— Eu vou.
— Vai.
— Sabe, você deveria guardar menos ódio em seu coração.
— Quem te disse que eu guardo ódio?
— Não, é que tudo você diz que a irrita ou que você odeia.
— Tá legal, papai. Eu odeio conselhos.
Imagina se ela não estiver na TPM. Criatura irritada. Saio, aliviado. Tomo o elevador com destino ao auditório, se pinup for o que eu estou pensando, vai ser legal.
Entro no auditório, está lotado. Cheio de pessoas deslumbrantes, garotas de uma beleza que beira o irreal. Todos muito glamourosos, muito elegantes. As beldades estão seminuas, ninfetas estonteantes. Todas dotadas de uma beleza muito

artificial. Todos estão sentados assistindo a uma palestra. Os rapazes também parecem belas garotas. O palestrante, ao me ver, silencia. Todos olham para mim. Estou de pé junto à porta.

— O senhor deseja alguma coisa?

O palestrante me pergunta. Levo um tempo para perceber que é a mim que ele se dirige.

— Eu? O senhor está falando comigo?

— O que o senhor acha?

Todos olham para mim. Suo e começo a demonstrar um tremor.

— O senhor não percebe que parado aí me desconcentra?

— Posso me sentar?

— O senhor fez inscrição?

— Inscrição?

Uma linda jovem pisca para mim. Desorientado, o descubro sentado na terceira fileira. Ele baixa o chapéu procurando cobrir o rosto.

— Jesus!

— O senhor é crente?

— Jesus, o que você está fazendo aqui?

— O senhor é louco?

— Jesus, saia agora mesmo!

— O senhor está bêbado?

Jesus sai com o rabo entre as pernas.

— Chamem a segurança! Tirem esse homem daqui! Ele não tem inscrição!

Dois grandalhões me pegam pelo braço.

— Senhor, é melhor você vir com a gente.

Os grandalhões me arrastam para fora. Jesus passa por mim e, sem dizer uma palavra, se dirige ao elevador. Então percebo que os seguranças me arrastam pelo saguão em direção à entrada do hotel.

— Esperem! Aonde estão me levando?

Eles não dizem nada, continuam me arrastando. Quando chegamos próximo à porta, por sorte Chet me vê.
— Sr. Eugênio?
— Chet, me ajude! Eles querem me jogar para fora do hotel.
Quando percebem que Chet me conhece, os grandalhões se detêm. Eles me soltam. Chet conversa com eles. Eles me olham, depois vão.
— Foi uma bela tentativa, sr. Eugênio.
— Que tentativa, Chet?
— O senhor sabe do que estou falando.
— Não, eu não sei.
— Então deixa pra lá.
— Não, Chet, de que tentativa você está falando?
— O senhor sabe.
— Eu não sei. Sinceramente não sei do que você está falando.
— Não é nada, senhor.
— Como, não é nada?
— Você sabe, sr. Eugênio, se eles te pusessem para fora, isso também seria considerado rescisão de contrato.
— Então você acha que eu arrumei uma confusão para poder sair do hotel?
— Isso é o senhor quem está dizendo.
— Então o que foi que você quis dizer, Chet?
— Eu quis dizer, senhor, que o contrato o impede de sair do hotel.
— Eu sei disso, Chet. E não tenho a menor intenção de deixar o hotel.
— Melhor assim, senhor.
— Por que você acha que eu quero sair?
— Não é isso que eu estava tentando dizer, senhor.
— E o que é que você estava tentando dizer, Chet?
— Eu estava tentando dizer que o senhor precisa tomar cuidado.
— E por que eu preciso tomar cuidado?

— O senhor sabe.

— Eu não sei.

— O senhor deve tomar cuidado para não romper o contrato.

— Fique tranquilo, Chet.

— Tudo bem, senhor. É que para um primeiro dia...

— Continue, Chet.

— Não, é que o senhor chegou aqui hoje. É só isso que eu estava procurando lembrá-lo.

— Eu tenho consciência disso, Chet.

— Então... Era só isso que eu queria dizer, senhor.

— Não se preocupe comigo, Chet. Eu sei me virar.

— Tudo bem, senhor, eu só queria ajudar.

— Obrigado, Chet.

— Tenha uma boa noite, senhor.

— Boa noite, Chet.

Abro a porta do quarto com certa violência. Jesus Kid está em sua cama atirando cartas ao chapéu. Ao me ver, Jesus erra uma carta. Fecho a porta e fico olhando para ele. Ele me conhece. Ele sabe do que sou capaz quando estou nervoso.

— Por que você deixou o quarto?

— É melhor você amansar o seu tom de voz.

— O que você estava fazendo lá no meio de outras pessoas?

— Eu estava te procurando.

— Você estava sentado com as garotas.

— Eu fui te procurar no bar, mas você não estava lá.

— Você sabe que não pode sair sozinho.

— Eu já disse que te procurei. Como não te encontrei, resolvi dar uma volta.

— Jesus, nós temos um trato e você o conhece tão bem quanto eu.

— O que você quer?

— Quero que você reconheça que está errado.

— Quer que eu peça desculpas, é isso?

— Não precisa pedir desculpas contanto que você reconheça que errou.

— Isso não dá no mesmo?

— Não. Não dá no mesmo.

— Pra mim, dá no mesmo. E você deve saber que Jesus Kid nunca se desculpa.

— Eu já disse que não é preciso se desculpar, basta reconhecer o seu erro.

— E eu já disse que isso daria no mesmo.

— Você é um sujeitinho difícil.

— Às vezes parece que você se esquece que foi você quem me criou.

— Por falar nisso, você deveria considerar que, da mesma forma que eu o criei, eu posso destruí-lo.

— E você não deveria esquecer que eu também posso acabar com você.

— Eu nunca me esqueço disso.

— Agora cale a sua boca. Você está me desconcentrando. Não vê que me fez errar uma carta?

Olho para ele fingindo não entender o que ele quer.

— Será que eu vou ter que repetir que você me fez errar?

— Não. Eu já entendi.

— Então? Como se diz?

— Desculpa.

— Não, não é assim. De joelhos.

Me ajoelho. Tento conter as lágrimas da humilhação, mas não consigo.

— Me desculpe, Jesus.

5

Acordo assustado. Nove horas. Não quero perder o café da manhã. Lavo o rosto apressado. Jesus ainda dorme, o chapéu cobre seu rosto. Eu comerei por ele. Não pretendo acordá-lo. Não depois de ontem. Tomo o elevador.

O restaurante está cheio. Reconheço três garotas a uma mesa, são pinups tomando café. Disfarço, procuro não ser reconhecido. O café é farto. Diversos tipos de pão, frios, frutas, geleias, biscoitinhos, sucos, embutidos, ovos, chás. Me farto. Finjo não ver a enfermeira Nurse dando papinha para o boneco de cera com olhos articuláveis. Levanto para repetir o meu prato.

— Eugênio!

Grita a enfermeira Nurse acenando para mim. Aceno de volta. Ela faz um gesto para que eu vá me sentar com eles. Acabo indo.

— Bom dia.

— Bom dia, como vão?

— Estamos bem.

Ela pega o meu copo de suco de laranja e dá um gole manchando-o de batom.

— Vocês vão ficar no hotel por muito tempo?

Não sei por que fiz essa pergunta idiota, só sei que, depois que ela saiu de minha boca, senti um certo receio de irritar a enfermeira Nurse.

— Nós moramos aqui.

— Interessante.

— Eu imaginei que você diria isso.

— Isso o quê?

— "Interessante".

— Isso é ainda mais interessante, você imaginar que eu diria "interessante".

Apesar da enfermeira Nurse ser muito bonita e atraente, começo a ficar sem paciência com seu jeitinho estúpido de ser.

— Eu disse que imaginei que você diria "interessante" porque você sempre faz comentários assim, vamos dizer... chavões.

Nada respondo. Engulo essa junto com um pedaço de pão. O fantoche olha para mim enquanto a enfermeira limpa seu queixo com o guardanapo.

— Foi ver as pinups?

— Fui.

— Então já sabe o que é?

— Não estou bem certo disso.

— Se você as viu, já sabe o que é.

— Eu gosto desse seu jeitinho delicado.

— Não entendi a ironia.

— Desculpe, eu preciso ir. Tenho muito trabalho a fazer.

— Você trabalha com quê?

— Eu sou escritor.

— Nossa, que chique!

Peço licença e me levanto.

— Vai me convidar para um drinque essa noite, escritor?

— Pode ser.

— Que tipo de livro você escreve?

— Desses retangulares.

Saio. Vou direto para o quarto. Jesus ainda dorme. Vou preparar um banho e novamente não encontro a tampinha. Desta vez sou eu quem engatinha pelo banheiro. Irritado, resolvo pedir outra.

— Chet?

— Bom dia, sr. Eugênio.

— Chet, eu não estou encontrando a tampinha da banheira.

— De novo?

— É. De novo.

— Tudo bem, sr. Eugênio. Eu vou mandar outra, só que desta vez será preciso cobrar por ela.

— Pode pôr na minha conta, contanto que você me mande outra.

— Já está a caminho, senhor.

— Obrigado, Chet.

Ligo o laptop e vejo Jesus se desintegrar. Vai ser difícil tirar ação desse argumento. Relato os incidentes do final de meu primeiro dia no hotel e uma ideia começa a tomar forma. Reflito. Uma frase que Chet soltou, ecoa em minha mente: "Eu estava tentando dizer que o senhor precisa tomar cuidado"... A frase junta-se a outra: "O senhor deve tomar cuidado para não romper o contrato"...

Nesse instante um dos macaquinhos do hotel bate na porta trazendo a tampinha.

Assino o recibo e encho a banheira. Desta vez para mim.

Mergulho na espuma. A água morna me faz relaxar um pouco. "Eu estava tentando dizer que o senhor precisa tomar cuidado." Mergulho a cabeça. Relembro um diálogo que tive com um dos gargantas profundas: "Tem filhos?"... "Não, não deu tempo de fazer"... "Isso é bom para o projeto, te liberta para o mergulho".

Saio da água. Me enxugo. Procuro não alimentar meus pensamentos. Desço ao saguão.

— Chet, posso falar com você?

Interrompo a leitura de Chet. Desta vez é para ele que Jesus Kid se desintegra.

— Pois não, sr. Eugênio, posso ajudar? Não me diga que não levaram a tampinha para o senhor?

— Não, não é isso, Chet. Eles me levaram a tampinha.

— Fico mais feliz assim.

— Chet, ontem à noite, quando houve aquele pequeno incidente com os seguranças...

— Estou lembrado, senhor.

— Você pareceu querer me dizer algo...

— Eu, senhor?
— É, você disse que eu deveria tomar cuidado.
— Eu disse isso, senhor?
— Disse. Disse que eu deveria tomar cuidado para que o contrato não fosse quebrado.
— Bom, senhor, com isso o senhor deve tomar cuidado mesmo.
— Mas me pareceu que você quis dizer algo mais do que isso. Estou errado?
— No momento, não me recordo de querer dizer nada além disso.
— Tá certo, Chet.
— Era só isso, senhor?
— Era, era só isso.

Volto ao quarto com a pulga atrás da orelha, como se dizia antigamente. Ligo a TV. A cadela em pink está de azul. Jesus Kid me invade. A câmera detalha suas ancas. Jesus Kid uiva. "É um, é dois, é três e quatro." Filosofa a cadela. Santa Bárbara! Jesus Kid começa a se exercitar. Não o mesmo tipo de exercício que faz a cadela. Procuro me ausentar. Me esforço para deixá-los a sós. Mas acabo uivando também. "É um, é dois, é três e quatro." Entra a cartilagem de tubarão. Meu gozo é interrompido pelo medo do rompimento de um aneurisma cerebral. Há muito tempo me mantinha casto. Acabei gozando com a imagem de um elasmobrânquio. Relaxo, não houve rompimento de aneurisma. Adormeço.

Acordo com batidas na porta. Procuro me levantar, mas não consigo me mover, devo ter tido um derrame enquanto dormia. Jesus assume o controle de meu corpo e me imobiliza. Jesus Kid abre a porta, mesmo sabendo que as regras o impedem de fazê-lo. Entra com as sacolinhas do almoço. Me esforço inutilmente, permaneço imóvel. Penso no velho fantoche. Jesus sabe que não pode fazer isso comigo, mas faz.

Começo a ter um ataque de ansiedade, mas não consigo tomar os remédios. Penso na enfermeira Nurse. Quero gritar, mas não sai. Jesus sabe o que eu sinto e ignora. Só posso mover os olhos. Assisto Jesus almoçar. Ação! Mentalizo: ação!

Arroz chop suey, frango xadrez e rolinho-primavera. Jesus pega uma Coca no frigobar. Jesus, liberte meu corpo! Jesus, eu ordeno! Jesus! Jesus! Jesus, eu sou o seu proprioceptor! Restitua meus movimentos nesse exato momento ou eu vou matá-lo no próximo livro!

— Pode vir, já terminei de comer.

Reassumo o controle. Estou exausto. Quando isso ocorre, minha energia se esvai. Acho que será preciso matá-lo. Não me resta outra alternativa, a não ser que ele se redima. Evoco Jesus, mas ele não vem.

Como o que restou. Não me cai bem. Parto o biscoitinho da sorte:

"Me ajude, estou preso!"

Nunca entendo essas frases. Minha úlcera desperta furiosa. Náuseas. Desconforto. Acho que estou tendo uma congestão. Sinto minha boca entortar. Tomo três do amarelo e um do branco. Somo mais dois betabloqueadores. Jesus quase acaba comigo. Por falar em acabar, isso tem que acabar. Sem querer, faço a sesta. Adormeço de bruços. Babo na colcha. Os amarelos ajudaram a me derrubar. Ação! Isso me faz pensar no Máximo. Vim para o hotel e esqueci minha agenda de telefones em casa. Eu preciso falar com ele. Talvez Chet tenha o seu número. Preciso falar com ele antes que essa ideia que começa a ganhar forma adquira um corpo.

Sonho com o quarto do hotel. O quarto está vazio. Ninguém. Não há ninguém no quarto. Nunca havia sonhado um sonho no qual eu não estava.

Acordo com o telefone. Chet me diz que o Fábio está subindo com uma amiga. É um golpe de sorte, precisava falar com eles. Vou ao banheiro e lavo o rosto e ajeito os cabelos. Batem na porta. Evoco Jesus. Prometo reconciliação.

Jesus não vem.

— Eugênio!

— Como vai, Fábio?

— Ótimo, estou ótimo. Olha, quero te apresentar Melissa.

— Como vai?

Melissa beija meu rosto. Melissa é muito gostosa. Fábio pisca para mim.

— Melissa, pode acreditar, Eugênio faz jus ao nome.

— Eu acredito.

Fábio me puxa de canto, e sussurra:

— Tô comendo.

— Quê?

— Tô comendo essa aí.

— Ah!

— Você vai ter que criar uma personagem para ela.

— Como assim?

— Como assim, digo eu. Melissa! Ele é ótimo! Eugênio gostou de você.

— Obrigada.

— E então, Eugênio, vai criar uma personagem especialmente para a Melissa?

— Só uma coisa, Fábio, eu preciso perguntar umas coisas...

— Pode perguntar o que quiser, meu amigo.

— Eu ia mesmo ligar para o Máximo, mas eu esqueci minha agenda de telefones em casa.

— Fale, Eugênio.

— É... Como eu posso dizer?...

— Tá precisando de alguma coisa, Eugênio?

— Não, não é isso...

— Então o que é?
— Assim... O que eu tenho que escrever?
— Como assim, Eugênio?
— Como posso dizer?... É, na verdade, o que estou tentando dizer é: o que eu tenho que escrever?

Fábio cobre a boca com as mãos. Faz uma cara assustada. Depois olha para mim com um olhar ameaçador, muito ameaçador.

— Que brincadeira é essa, Eugênio?
— Que brincadeira?
— Que tá acontecendo?
— Nada, Fábio. Eu só estou em dúvida.
— Em dúvida? Você está em dúvida do quê?
— Eu, meio assim, estou meio em dúvida... do que devo fazer.
— Acho que você está querendo dizer que está em "dívida", não é isso? Você está em "dívida" comigo e com Max. Temos um contrato e você nos deve uma história que escreverá nesses três meses que vai passar no hotel. Não foi isso que combinamos?
— Foi. Foi isso, mas...
— Então, Eugênio, o que é que você não está entendendo?
— Eu... Não é que eu não estou entendendo, eu só tenho uma dúvida.
— Vamos fazer assim, eu vou levar a Melissa para casa e passo pelo escritório do Max e voltamos aqui. Os dois, eu e o Max. Aí conversaremos melhor. Enquanto é tempo.

Eles saem. Fábio pareceu realmente aborrecido. Evoco Jesus, mas ele não responde. Betabloqueadores. Sudorese. Ando de um lado para outro. Começo a perder o controle. Sinto que vou ter um ataque epilético. Tudo se torna ameaçador. Nesse instante sinto sua presença. Me viro e o encontro sentado na poltrona. Ele fuma um cigarro tranquilamente.

— Jesus, você voltou!

Ele não diz nada. Sua presença me acalma e me conforta.

— Precisamos conversar.

— Solta o verbo.

— Precisamos nos entender. Eu precisei de você agora, eu te chamei, mas você não veio. O Fábio esteve aqui. Ele... ele...

— Calma! Você parece um garotinho assustado.

— É isso que sou. Um garoto assustado.

— O que você quer?

— Quero trégua.

— O que você tem para me oferecer?

— Minhas desculpas.

Me ajoelho. Jesus Kid faz sinal para que eu me levante. Levanto.

— Você me acusa de não estar cumprindo as regras, mas você não as cumpre também.

— Me diz onde foi que eu errei. Eu prometo recompensá-lo, Jesus.

— Você sabe muito bem onde errou.

— Me diz.

— Ação! Eu quero ação!

— Não me venha com essa, Jesus! Isso é o que os gargantas querem.

— Você sabe muito bem o tipo de ação a que estou me referindo.

— Ah! Mas é claro! Sexo!

— Chame como preferir.

— Está bem.

— Você parece um monge.

— Tudo bem. Que tal a enfermeira Nurse?

— Ela é boa, mas não é o que quero.

— E o que você quer, Jesus?

— As pinups. Eu gostei das pinups.

— Tudo bem, façamos um trato. Eu deixo você no comando hoje à noite, e você me ajuda com o Fábio e o Máximo.

— Feito.

— Mas você sabe que não podemos deixar o hotel.
— Perfeitamente.
— Então, amigos?
Estendo a mão para Jesus Kid.
— Eu quero duas pinups.
— Isso é com você. Consiga duas e terá duas.
— Feito.
Jesus Kid cospe na luva e sela o trato apertando minha mão.
— Posso te pedir uma coisa, Jesus?
— O que é?
— Um abraço.
— Ah! Não vai começar com essas veadagens.
— É que eu me sinto tão vulnerável.
Jesus Kid, meio irritado, parece refletir.
— Tá bom. Eu te dou um abraço, mas só porque estamos sozinhos.
Jesus Kid se levanta e eu o abraço.
— Vê se não acostuma.
— Obrigado, Jesus.
— Fica firme, garoto! Eu estou com você.
— Não vamos mais brigar.
— Então nunca mais me ameace.
Jesus Kid me empurra, desfazendo o abraço.

6

Abro a porta. Máximo e Fábio entram. Jesus está comigo. Estamos juntos. Quando eu fraquejar, ele assumirá o controle. Temos um pacto. Máximo finge simpatia enquanto Fábio mantém seu olhar ameaçador. Máximo quebra o silêncio:

— E aí, irmão, como vai essa força?
— Tudo bem, e você?
— Eu estou ótimo.
— Ô Eugênio, explica a sua dúvida para o Máximo.
— Isso, irmão, pode falar.
— Eu só quero entender melhor o que devo fazer.
— Irmão, você só tem que fazer a sua parte. Você faz a sua parte e deixa o resto com a gente.
— E qual é, exatamente, a minha parte?
— Ué, você não sabe?
— Eu sei, em parte, a minha parte.
— Então recapitula pra gente ouvir.
— Eu sei que vou passar três meses neste hotel escrevendo um roteiro.
— É isso mesmo. E é moleza, não precisa nem escrever na forma de roteiro. Você escreve como se fosse um dos seus livros e nós o adaptamos para o formato roteiro.
— Tudo bem, isso eu também entendi.
— E o que foi que você não entendeu, Eugênio?
— Eu não sei o que devo escrever.
— Nós já conversamos sobre isso.
— Eu sei, mas só falamos por alto. Eu preciso entender melhor o que vocês querem para poder ser mais preciso.
— Tudo bem, vamos recapitular. Quer explicar você, Fábio?
— Não. Fale você.
— Tá legal. Eugênio, o negócio é o seguinte, nós queremos filmar a história de um escritor. Um escritor que se lança num projeto de escrever um roteiro para um filme. Filme este que falará de um escritor que se lançou a um projeto de

escrever um roteiro para um filme. Caralho! Onde pode haver dúvida?!

— Tudo bem, isso eu entendi.

— Porra!

— E também deve ser dito que o escritor, assim como eu, deve permanecer esse período de três meses num hotel sem poder sair.

— Isso, *brother*! Bravo!

— E vocês querem ação.

— Ação! Claro, ação! Cinema é ação!

— Sei. E hoje o Fábio veio aqui com uma moça e disse que eu devo criar uma personagem para ela.

— Isso é baba! Porra, Eugênio, você é ou não é um escritor?

— Tudo bem.

— Aliás, você tem que arranjar um jeito de encher de mulherada.

— Vocês querem mulheres.

— Muitas mulheres. Não me diga que você não gosta de mulher, Eugênio.

— Gosto.

— Mas pelo visto não gosta muito.

— Não, eu gosto de mulher. Eu gosto de mulher, mas não a ponto de mudar de sexo.

— Porra, *brother*! Essa frase é boa! Dá um jeito de encaixar esse diálogo na história.

— Vou tentar.

— Tem que botar mulherada, assim a gente come um monte de menininha.

— Sei. Então a tal de Melissa não precisa ser a protagonista? Não preciso escrever que ela é a escritora?

— Não, ela só tem que ter um papel de destaque.

— E toda a história deve se passar no interior do hotel?

— Isso, desse hotel. Porque nós conhecemos o dono e ele vai deixar a gente rodar o filme aqui, na faixa. Isso nos economiza um montão de dinheiro.

— Eugênio, você viu *Adaptation*?

— Não, não vi.

— Porra, Eugênio, que tipo de roteirista você quer ser se você não vai ao cinema?

— Eu não sei se quero ser roteirista.

— Porra, nós estamos investindo uma pequena fortuna em você. Você não vai nos desapontar, não é mesmo?

— Espero que não.

— Por falar no hotel, tem o filho do dono.

— O filho do dono?

— É, nós também lhe prometemos um papel. Fábio, você acha que ele seguraria um protagonista?

— Não sei, não, o cara não é ator.

— O duro é que o cara é halterofilista. Não sei se existe algum escritor halterofilista.

— Isso não faz diferença, só me preocupa o fato do cara não ser ator. Mas nós devemos essa ao pai dele e o Eugênio resolve essa parada.

— E ele precisa inserir um pouco de favela, diga isso a ele.

— Favela?

— É, favela, isso ajuda na captação.

— Mas como eu vou inscrever favela numa história que se passa, toda, dentro de um hotel?

— Porra, nós vamos ter que arrumar um DVD do *Adaptation* para ele.

— *Adaptation*?

— Cara, nesse filme o cara bota todos os ingredientes hollywoodianos numa história que fala de orquídeas. É mole?!

— O cara é de foder! E antes ele havia escrito *Quero ser John Malkovich*.

— E então, Eugênio, qual é sua dúvida?

— Eu preciso pensar um pouco... só um minuto, pra eu tentar explicar minha dúvida.

— Porra, não podemos esquecer daquele investidor das batatinhas!

— Puta! É mesmo.

— Batatinhas?

— É, dessas chips.

— Tem um potencial investidor que é fabricante dessas batatinhas.

— Sei.

— E então, Eugênio, agora deu para entender?

— Poxa vida!

— Se você ainda tem alguma dúvida, é bom esclarecer agora porque amanhã eu embarco para Paris e o Fábio vai para Los Angeles na semana que vem.

— Sabe o que é? Eu estou um pouco inseguro.

— Isso é normal, *brother*.

— É que até hoje, apesar de ter feito vinte e oito livros, eu só escrevi histórias de western. Sempre com Jesus Kid como protagonista.

— Mas só isso já te abaliza.

— Só para concluir, as histórias que escrevo surgem de uma ideia, dentro desse contexto do western, e eu apenas sigo essa ideia.

— Aqui você vai fazer a mesma coisa.

— Eu não sei se conseguirei.

— Você viu *Barton Fink*?

— Vi.

— Leu John Fante?

— Li.

— Pronto! É isso.

— É isso mais uma mulher de papel importante, junto

com muitas outras mulheres bonitas, mais um halterofilista escritor que come batatinhas num hotel onde há uma favela. É muita coisa para amarrar... Não sei se conseguirei.

— E não se esqueça do mais importante! Tudo isso recheado de muita: ação!

— Ainda tem isso... ação.

— Eugênio, você está se subestimando. Qualquer pessoa que leu *A balada dos nervos* sabe que você é a pessoa certa para isso.

— E não se esqueça do mais importante, você já assinou o contrato. Se você não se sente capaz de realizar o projeto, deveria ter dito isso antes de assinar o contrato.

— Eu sei...

— Agora que conversamos, tenho certeza de que você ficará mais tranquilo.

— Nós te entregamos tudo já mastigado, agora é só digerir.

Vertigem. Sudorese. Jesus Kid assiste tudo da poltrona. Nem foi preciso ele entrar. Preciso de um amarelo, mas não quero tomar na frente deles.

— Mais alguma dúvida, Eugênio?

— Acho que não.

— Então, bola pra frente, *brother*!

— Ah! Só mais um detalhe.

— Diga lá.

— Caso termine a história antes dos três meses, eu posso deixar o hotel?

— Pelo visto, você não leu o contrato.

— Eu dei uma vista-d'olhos.

— Não, Eugênio, você só pode deixar o hotel no final dos três meses. Independentemente de você concluir o trabalho antes.

— Nós precisamos ir, Máximo. Tem aquela parada com as gêmeas.

— Pode crer!

— Mais alguma dúvida, Eugênio?
— Não, nenhuma.
— Então só resta a "dívida", não é mesmo?
— É.
— Então, podemos contar com você.
— Tudo bem, vou fazer o possível.
— Faça mais do que isso, Eugênio, surpreenda-nos.
— Vou tentar.
— Isso, *brother*. Força!
— Boa sorte, Eugênio. A gente se vê.
— Vou estar por aqui.
— Grande Eugênio, é assim que se fala!

7

Dividimos o jantar em três. Eu, Jesus Kid e um halterofilista. Arroz chop suey, frango xadrez e rolinho-primavera. Sacamos do frigobar três Cocas e um saquinho de batatinhas.

"No subsolo, estou trancado no subsolo."

Diz o biscoito chinês. Não perderei tempo tentando decifrá-lo, aliás, é como me sinto também. Preso no subsolo. Jesus Kid levanta da mesa, arrota, dá uma cusparada, tira o chapéu, alinha os cabelos e torna a vesti-lo. Depois ajeita a camisa dentro da calça e se observa no espelho. Ele mesmo se aprova.

— Bom, pessoal, essa é a minha deixa.
— Jesus, não se esqueça do que combinamos.

Jesus toca a aba do chapéu com o indicador.

— E vocês desinfetem o quarto, quando voltar não quero vocês por aqui.
— Pode deixar.

Jesus dá uma piscadela e sai do quarto. Toma o elevador e se dirige à ala de convenções pronto para abater duas pinups.

Sem que ele perceba, eu o acompanho. Para sua revolta e espanto, hoje a convenção não é de pinups. Trekkers. Acho que é assim que eles se denominam. Hoje a noite é dos fãs de *Jornada nas estrelas*, *Star Trek*. Mr. Spock, Capitão Kirk, Picard, nova e velha geração multiplicados às centenas. Todos falando um dialeto *klingon* fluente. Jesus Kid não se conforma. Eu o alcanço antes que ele demonstre sua ira.

— Jesus!
— Onde estão elas?
— Calma, Jesus! Mantenha a calma...
— Onde? Onde estão?
— Calma, fique calmo.

Jesus me pega pelo colarinho e me chacoalha.
— Diga onde elas estão!
— Temo que elas tenham partido.
Jesus não consegue disfarçar seu desencanto, sua dor é latente.
— Jesus, não desanime, ainda temos uma carta na manga.
— Carta? Que carta?
— Enfermeira Nurse.
— Enfermeira Nurse?
— Sim. Ela te aguarda no bar.
— Mas eu queria as pinups.
— Lembre-se, Jesus, mais vale um pássaro na mão...
— Mas eu queria tanto as pinups.
— Eu sei... eu sei... Agora é você quem precisa ser forte.
— Por quê? Por que a vida não é como os livros que você escreve?
— Infelizmente, Jesus, a vida não depende de mim.
— Você seria capaz de colocar duas pinups no próximo livro?
— Eu prometo colocar.
— Você faria isso por mim?
— Você verá, meu amigo.
— Eu prometo ser bonzinho.
— Você é um bom caubói.
— Sou?
— O melhor, você é o melhor.
Acompanho Jesus Kid até o bar. Ele ouviu a conversa com os gargantas e viu eles fazendo um monte de exigências para eu colocar no roteiro e acabou se sentindo no direito também. Como vou colocar duas pinups numa história do Velho Oeste? Bom, disso eu cuido depois. Essa é outra história.

Avistamos a enfermeira Nurse sentada ao balcão. Deixo que Jesus se apoose de mim.
— Como vai, escritor?

— Boas.
— Boas? Como assim, boas?
— Você e a noite.
— Ah! Essa doeu! Que infame!
— Me dê um uísque.
— Gelo e club soda?
— Não. Caubói.
— E a senhorita?

O garçom diz isso para a enfermeira Nurse enquanto dissimula um piscar. Ela retribui. Por sorte Jesus não percebe.

— Eu vou querer outra vodca.

Jesus sussurra coisas no ouvido da enfermeira Nurse, ela ri. Por mais que me esforce, não consigo escutar o que os dois sussurram. Eu conheço Jesus muito bem. Sei que logo ele irá abatê-la. Enquanto conversam, aproveito para pôr os pensamentos em ordem. Minha cabeça precisa de uma boa faxina. Depois de uns três copos cada, tudo obviamente na minha conta, os pombinhos tomam o elevador com destino a meu quarto. Desta vez sou eu que me instalo na poltrona e acendo um cigarro. O halterofilista continua sentado à mesa como eu o deixei. Tinha até me esquecido de sua existência. Ele permanece assim, esquecido. Jesus Kid tira o chapéu e o atira sobre o abajur. Enfermeira Nurse, completamente bêbada, ri. Jesus puxa os cabelos da enfermeira Nurse para trás e morde seu pescoço. Enfermeira Nurse enrubesce de excitação. Jesus Kid a levanta pela cintura, faz meia-volta, e a atira na cama. Do impacto, enfermeira Nurse quica na cama e cai de bruços no chão. Jesus Kid, que já havia se lançado ao espaço para encaixar-se sobre a enfermeira, encontra o vazio. Enfermeira Nurse desata a rir. Jesus avança para beijá-la no momento em que ela tentava se erguer. O cocuruto da enfermeira acerta o nariz do caubói. O choque faz Jesus voltar a deitar. Enfermeira Nurse faz um carinho em sua própria cabeça enquanto

Jesus aperta o próprio nariz. Irritado, Jesus Kid investe contra enfermeira Nurse mordendo-lhe os lábios. Enfermeira Nurse lhe dá as costas procurando fugir. Jesus a segura pelos cabelos fazendo-a frear. Enfermeira Nurse dá um impulso para a frente no momento em que Jesus avançava por trás. Trombada. Com o peso de Jesus, enfermeira Nurse cai novamente de bruços. Jesus cai também, mas aproveita a enfermeira Nurse para amortecer a queda. O delicado rosto da enfermeira Nurse afunda no carpete. Jesus Kid, impaciente, arranca a saia da enfermeira Nurse. Enfermeira Nurse sai de gatinhas, rindo, só de calçolas. Jesus a detém segurando-a pelo culote. Monta sobre ela feito cachorrinho. Enfermeira Nurse ri a valer. Jesus Kid abre a braguilha e tira seu amigão para fora. Cutuca a enfermeira com seu amigão. Puxa a calcinha de lado e enfia seu pau no íntimo da enfermeira Nurse. Enfermeira Nurse continua rindo, Jesus Kid uiva.

O amor é passageiro, muito passageiro. Jesus Kid logo conclui sua missão. Enfermeira Nurse ainda ri muito. Jesus se larga ao chão. Ainda rindo, enfermeira Nurse procura falar:

— Foi bom pra você? Hahahaha...

— Só me dói o nariz.

— Hahahaha!

— Você está bêbada.

— Não pense que acabou, rapaz!

Enfermeira Nurse arranca a calcinha e senta sobre a cara de Jesus Kid.

— Vamos lá! Você começou, agora vai ter que acabar!

Jesus Kid trabalha sem muita vontade. No fim tudo acaba bem. Todos felizes, ou satisfeitos.

Todos dormem agora. Fumo um último cigarro.

8

Acordo assustado. Enfermeira Nurse dorme em meu peito. Quando acordo, ela acorda também, ainda mais assustada do que eu.

— Meu Deus! O sr. Lourenço! Eu dormi aqui!

Enfermeira Nurse vai dizendo essas coisas enquanto veste as roupas. O boneco de cera. Ela se esqueceu de medicá-lo. Sai às pressas. Volta, e me beija. Um delicado beijo em minha boca de dentes amarelos. Fico um pouco sem jeito, mas não posso negar um imenso prazer. Agora ela sai. Seu perfume ficou em meu peito, dentro e fora dele. O relógio da parede marca sete horas. Resolvo tomar um banho antes do café. Estou sozinho no quarto. Quase não me surpreendo quando não encontro a tampinha da banheira. Ligo na recepção. Chet não quer acreditar, mas eu o convenço a mandar uma nova tampinha. Isso depois de concordar que pagarei por ela. Faço a barba enquanto aguardo o macaquinho do hotel. O macaquinho chega trazendo a tampinha. Assino o recibo e tempero a água. Submerjo. O calor da água me conforta. Relembro o rápido e delicado beijo. Sorrio. Depois de um tempo, me seco e visto uma roupa nova. Desço para tomar o café. Enfermeira Nurse me avista assim que eu entro. Sinaliza para mim. Sinalizo de volta dizendo que só vou fazer meu prato e depois me junto a eles. Pego suco de laranja e duas fatias de melão para começar.

— Bom dia, Érika.

— Bom dia, Eugênio.

— Bom dia, senhor.

Enfermeira Nurse dá um gole em meu suco, marcando território com seu batom.

— Seu nariz está melhor?

— Meu nariz?

— É, da cabeçada.

— Ah! Está tudo bem.

— Você estava muito divertido ontem à noite.
— Você também.
— Sabia que você diria isso, sempre previsível...
— Me desculpe.
— Sempre se desculpando.
— Sinto muito.
— Não falei?
— Não sei o que dizer.
— Não fique sem graça, você esteve ótimo ontem à noite.
— Você...
— "Você também se saiu muito bem". Não era isso que ia dizer?
— Acho que eu sou realmente previsível.
— Ontem à noite você não estava, ao contrário, me surpreendeu muito.
— Ele entende o que falamos?
— Todos acham que não, mas eu discordo. Acho que ele entende, tudo, muito bem.

O boneco de cera olha para mim. Desvio o olhar.

— Você não fica embaraçada de falar essas coisas na frente dele?
— Nem um pouco. Por falar nisso, eu tive uma ideia de como podemos continuar com nossos encontros.

Nossos encontros? Continuar? Quanto mais eu rezo, mais assombração me aparece.

— Quer saber?
— O quê?
— Minha ideia.
— Claro.
— Hoje à noite eu vou levá-lo comigo.
— Como assim?
— Para o seu quarto.
— Você não pode estar falando sério.

— Por que não?
— Você está querendo dizer...?
— Que vamos transar na frente dele.
— Eu não conseguiria uma coisa dessas.
— Para mim, ficaria ainda mais excitante.
— Não pode ser.
— Ué! Você não assistiu *Lua de fel*?
— Eu não vou muito ao cinema.
— É ótimo.
— Você já viu *Barton Fink*?
— Não.
— É ótimo também.
— Sobre o que é?
— É sobre o que estou fazendo agora.
— Tomando café?
— Não, o trabalho com que estou envolvido.
— Ah! O que você está escrevendo agora. É isso?
— É.
— Você vai falar de mim na sua história?
— Quem sabe? Nessa história, que estou escrevendo, tudo é possível.
— Eu vou adorar ser sua musa.

Nem sei o que dizer. Meu Deus! Isso está ficando cada vez mais complicado. E eu que pensei que seria fácil ganhar esses trinta mil. Cheguei a acreditar que essa temporada seria para mim como uma espécie de férias. Férias remuneradas. Muito bem remuneradas, cheguei a pensar. Levanto para pegar pães, frios e café. Essa mulher agora vai grudar no meu pé. Pior é que, por mim, tudo bem. Meu medo é Jesus Kid. Acho que ela não faz muito o seu tipo. Como vou explicar para ele que ela quer transar com ele na frente do fantoche? Não vai ser fácil. Volto à mesa. Enfermeira Nurse pega minha xícara e dá um gole em meu café. Batom. Batom fica.

— Se você fosse um pintor, eu posaria para você.
— Pena que eu não pinto.
— Eu posaria nua para você, como em *Titanic*.
— Sei.
— Você viu *Titanic*?
— Não. Você já leu John Fante?
— Não.
— E Paul Gentleman?
— Também não. Que tipo de livro ele escreve?
— Dos retangulares também.
— Você é tão engraçado. Tão previsivelmente engraçado.
— Paul Gentleman escreve western.
— Eu odeio western.

Se Jesus Kid ouve uma coisa dessas, aí é que ele não vai mais querer comer. Termino meu café da manhã e explico que preciso trabalhar. Enfermeira Nurse diz que me espera após o jantar, no bar naturalmente.

Entro no quarto, acendo um cigarro enquanto o laptop inicia. O fluido de meu isqueiro acabou e não encontro fósforos. Antigamente, quando os homens e os fumantes dominavam o mundo, sempre havia fósforos nos hotéis. Agora os fumantes e os cachorros são proibidos de entrar. Aliás, em certos ambientes, os cachorros são tolerados. O laptop solta sua estúpida vinheta. Hora de trabalhar. Inicio o Word e abro o arquivo "querido diário". Conforme começo a escrever, o quarto vai se tornando pequeno. Primeiro surge o halterofilista comendo batatas, depois surgem cinco pinups comendo batatas também. Aí entra a enfermeira Nurse tocando uma lira, acho que é isso que tocam as musas. Ela toca a lira e também come batatas. Na sequência surgem mulheres peladas, umas sete. Todas comendo batatas tipo chips. Manifesta-se também Jesus Kid e um apache, eles lutam por um saquinho de batatas, justificando a ação. Os favelados também aparecem, mas eles não comem batatas. Os favelados ficam ao meu redor me pedindo uns trocados. Por fim chega o fantoche, o boneco de cera, ele apenas assiste ao espetáculo. Betabloqueadores e dois do amarelo. Sudorese e dor no peito, provavelmente um infarto. Sigo dedilhando o teclado. Escrevo essas coisas sem nexo. Escrevo para os gargantas profundas em troca dos trinta mil. Se é isso que querem, é isso que terão. Então o telefone toca. Faço um gesto para que façam silêncio. Nesse pequeno intervalo Jesus aproveita para seduzir as pinups.

— Alô?
— Sr. Eugênio?
— Sim?
— É o Ted.
— Ted?
— Não, Zed! Acho que é Zed.
— Zed?
— Seria Fred?
— Chet? É você?
— Isso! Chet! Sim! Sou eu!
— Diga, Chet, o que deseja?
— Eu só liguei para saber se o senhor estava aí no quarto.
— Estou, Chet, por quê?
— Não, por nada. Rotina.
— Que rotina, Chet?
— O senhor sabe, de vez em quando eu devo me certificar se o senhor permanece no hotel.
— Eles te pediram isso, Chet?
— Sim, é pró-forma, o senhor sabe.
— Pró-forma?
— É, pró-forma. É, o senhor sabe, como dizem.
— Você sempre falando bonito, hein, Chet?
— Eu faço o que posso.

— Eu estou aqui, Chet, estou trabalhando. Não pretendo deixar o hotel nos próximos três meses.

— Assim é melhor, senhor. É assim que se fala.

Jesus Kid se enrosca com as cinco pinups enquanto as peladas atacam o apache. Enfermeira Nurse tira suas roupas, para que eu a retrate, enquanto toca sua lira e come batatas. Quando me volto para a mesa, percebo o vazio do laptop. Junto à porta o avisto nas mãos de um dos favelados que se preparavam para sair.

— Bote isso onde estava ou mando Jesus acabar com você.

— O senhor é muito preconceituoso. Eu não estava roubando, não, só tava dando uma olhada. Eu sou favelado, mas também sou gente.

Fecho o arquivo e não salvo. Esvazio o quarto. Ando de um lado para outro. O telefone toca de novo. É Chet anunciando o chinês. Mando subir, mesmo não tendo fome. Frango xadrez, arroz chop suey e rolinho-primavera. Pego uma Coca, mas não abro o biscoito da sorte. Ligo a TV e assisto a cadela em pink enquanto empurro a comida pra dentro. Sinto um vazio tão profundo. Evoco Jesus Kid.

— Qual o problema, cara-pálida?

— Eu preciso falar com você.

— Vá em frente, garoto.

— O que você achou da enfermeira Nurse?

— A gente nunca deve desprezar uma mulher adepta do sexo anal.

— O quê? Você fez sexo anal com a enfermeira Nurse?

— Por que o espanto, meu chapa? Parece que não conhece o caubói aqui.

— Santa Bárbara!

— Eu pensei que você tivesse visto. Pensei que ao menos de olhar você gostasse.

— Eu não reparei nesse detalhe.

— Mas por que você está me rodeando com esse assunto?
— Não, eu só estava pensando.
— Pensando? Pensando no quê?
— Eu só ia perguntar se você sente algo, vamos dizer, mais profundo pela enfermeira Nurse... Você sente?
— O que pode ser mais profundo do que sexo anal?
— Poxa, Jesus! Às vezes você é tão chulo.
— Tá caidão por ela, é isso?
Não consigo responder. Não sei se essa é a resposta.
— É isso?
— Não sei.
— Se esse é o problema, pode ficar tranquilo, eu abro espaço para você. É só você não esquecer o que me prometeu para o próximo livro.
— Eu não me esqueci das pinups.
— Quer desabafar um pouco?
— Sabe, Jesus, hoje pela manhã a enfermeira Nurse me beijou pensando que eu fosse você.
— Ela beija bem, essa enfermeira.
— Foi só um beijinho, uma bicota.
— Mas te deixou doidinho, não é?
— Desde que eu me separei, tenho estado em tão baixa estima.
— Sei onde quer chegar, o monge cansou do voto de castidade.
— Talvez. Talvez seja só isso. Talvez eu só esteja carente.
— Quer sair com ela hoje à noite?
— Só se você prometer que não vai se importar.
— Dou minha palavra e um fio da minha barba.
— Você é um grande amigo, Jesus.
— Conte comigo, garoto.
— Mas sinceramente eu nem sei se senti algo por ela, ela é tão estúpida e irritadiça às vezes.

— Vá em frente. Encontre com ela no bar hoje à noite e deixa rolar.
— Ela beijou minha boca.
— Antes de vê-la, chupe umas balas de hortelã.
— Por quê? Você acha que eu tenho mau hálito?
— Caraca! Você tem o nariz tão perto da boca e não sente?
— Muito obrigado, Jesus, assim você me encoraja bastante.

9

Enfermeira Nurse já estava sentada no bar. Com uma vodca na mão obviamente. E eu com duas balas de hortelã na boca. Fico observando um pouco, antes de entrar. Junto uns betabloqueadores ao sabor da hortelã. Transpiro. Os trigêmeos não estão.

— Oi.
— Como vai, escritor?
— Melhor agora.
— Essa é clássica! Das típicas, a mais clássica.

Emudeço.

— Trabalhou muito?
— Mais ou menos.
— E a sua musa, lembrou dela?
— Difícil foi não lembrar.
— Sério? Eu vou ser personagem do livro?
— É provável.

Enfermeira Nurse fica realmente orgulhosa e envaidecida.

— Sobre o que é a história que você está escrevendo?
— Sobre um escritor.
— Ah! Uma autobiografia.
— Eu não chamaria dessa forma.
— Não? Por que não?
— Eu diria que é uma falsa autobiografia.
— E o que é uma falsa autobiografia?
— É uma história que não é como ela é, mas como querem que seja.
— Quem?
— Quem o quê?
— Quem quer que seja?
— Os produtores.
— A editora?
— Não, a história que estou escrevendo não é para um livro. É para um filme, é um roteiro de filme.

— Não brinca.

— Sério.

— Então você deve ser um grande escritor, só os grandes escritores escrevem para o cinema. Eu vou aparecer no filme?

— Não, eu não sou um grande escritor.

— Claro que é. O seu problema é que você se subestima.

— Acredite, eu realmente não sou um bom escritor.

— Tá, então me convença disso.

— Eu sou um escritor de livros de bolso. Livros que são vendidos em bancas de jornal.

— Isso só prova que você é um grande escritor. É tão bom que consegue ser absorvido pelas massas.

— Eu escrevo western.

— Western? Essa é outra prova de seu talento. Quem mais poderia escrever um gênero tão desgastado e ainda por cima conseguir ser lido e vendido em bancas de jornal, senão um grande escritor?

A conversa vai longe. Vários copos de vodca e cerveja. Tudo por conta do grande escritor aqui. Não estou com a menor vontade de entrar nesse assunto profissional que já me desgasta o bastante. Eu queria é poder esquecer tudo isso nem que fosse por uns instantes.

— O que você acha de terminarmos a nossa conversa lá no quarto?

— Eu acho uma ótima ideia. Vamos pedir a saideira e vamos.

O garçom entrega o último copo da noite para a enfermeira Nurse e dá sua piscadela, como não poderia deixar de ser. Da mesma forma a enfermeira a devolve.

— Suba na minha frente. Eu te encontro já, já.

— Como quiser, Érika.

Vou para o quarto. A cerveja bateu com os amarelos, me deixando com muito sono. Nem acendo as luzes. Tiro os sapatos e me deito um pouquinho, só enquanto espero a enfermeira Nurse chegar. Ouço a porta se abrindo, pensei que ela fosse bater antes de entrar. Por alguma razão, antes de vir para o quarto, posso ouvi-la entrando no banheiro. Deve estar se preparando ou foi se lavar. Tento permanecer acordado, mas acabo cochilando. Desperto com batidas na porta. "Entra." Digo.

— Está aberta!

Ouço um barulho estranho, algo como um carrinho de supermercado sendo empurrado para dentro do quarto. Enfermeira Nurse acende a luz e o clarão me cega. Quando recupero a visão, distingo a enfermeira Nurse acomodando o boneco de cera, em sua cadeira de rodas, num cantinho do quarto.

— Chegamos!

Ela cambaleia, visivelmente bêbada.

— Eu não vou conseguir fazer nada com esse homem aqui.

— Quer apostar?

— Não, Érika. Eu não vou me sentir nem um pouco à vontade com ele aqui nos olhando.

Enfermeira Nurse ajoelha-se no chão apoiando seus braços em minhas coxas.

— Você acha que ele não gosta de olhar?

— Ele gosta?

— Adora.

— Mas eu não gosto de ser olhado.

— Eu vou te ensinar a gostar.

Enfermeira Nurse abre a minha braguilha. Tento me levantar, mas o torpor em que me encontro não permite.

— O que você está fazendo?

Nesse instante ela baixa minhas calças até os joelhos.

— Não faça uma coisa dessas comigo.

— Depois que eu começar, você vai implorar para que eu não pare.

Por cima da cueca ela começa a soprar seu hálito morno com perfume de vodca. Ela beija meu pau, por sobre a cueca. O calor de sua boca e os meses de solidão me fazem gemer. Ela morde o elástico que prende a cintura e começa a tirar. Quando liberta meu membro, de tão duro, ele bate forte em sua cara. Ela geme e o abocanha. Vejo estrelas.

— Caralho! Como isso é bom!

Enquanto mama, ela passa suas unhas suavemente desde a cabeça até o saco. De repente me lembro do velho e olho para ele. O boneco de cera olha para mim com um brilho no olhar. Sem saber o que fazer, acabo fazendo um sinal de positivo com a mão. Nesse instante enfermeira Nurse faz meu pau desaparecer por completo em sua boca. Ela, sim, merecia o batismo de garganta profunda. Engole e o mantém até a goela, chegando a lacrimejar.

— Eu quero tomar todo o seu leitinho.

Me desligo. Não sou mais consciente nem senhor dos meus atos. Recebo o afeto que se encerra. Quando a enfermeira termina seus jogos de amor, enlevo-me a tal ponto que só consigo sorrir. Depois enfermeira Nurse tira toda a minha roupa, me vira de bruços e massageia minhas costas até que eu adormeça.

Quando acordo, de um verdadeiro e revigorante sono, já são sete horas da manhã. Avisto a enfermeira Nurse ajeitando o quarto.

— Bom dia, Érika.

— Bom dia. E essa comida aqui?

— Ah! É o meu jantar de ontem, nem tive tempo de abrir.

— Eu adoro comida chinesa.

— Eu estou começando a deixar de gostar.

— Eugênio, e todos esses comprimidos?

— Onde você os encontrou?

— No bolso de sua calça. Eu a estava dobrando para pôr no cabide e os encontrei.

— Sei.

— O que são? Por que não estão em sua embalagem original?
— Eu prefiro guardá-los assim.
— Todos misturados numa latinha de pastilhas Valda?
— Eu me acostumei dessa forma.
— Você está doente? Ou são remédios de uso contínuo?
— Eu tenho problema nos nervos.
— Por causa de alguma luxação?
— Não, não nesses nervos. No sistema nervoso, quis dizer.
— Depressão?
— Também.
— Você é bipolar?
— Também.
— Também? E o que mais?
— Tenho distúrbio de ansiedade.
— Qual distúrbio?
— Alguns. Mas vamos parar com o interrogatório.
— Eu acho que tenho direito de saber com que tipo de pessoa estou me envolvendo. Você usa drogas?
— Não, eu parei.
— Que drogas você usava?
— Você sabe, as de sempre.
— Alguma injetável?
— Não. Tenho medo de injeção.
— Todos esses comprimidos são psicotrópicos?
— Não, um deles é betabloqueador.
— Você sofre do coração?
— Não. Você sabe, o antidepressivo aumenta os batimentos cardíacos.
— Que antidepressivo você toma?
— Chega!

Enquanto discutíamos, o boneco de cera olhava ora para mim ora para a enfermeira Nurse. Como se assistisse a uma partida de pingue-pongue.

— Vá tomar um banho para irmos tomar o café.

Era o que me faltava. Um pouco de sexo e já começam a querer controlar nossa vida.

— Vá indo, a gente se encontra lá.

— Está bem. Se você prefere assim...

Num tom meio ameaçador, próprio das mulheres. Ela fecha a cara e empurra o boneco de cera para fora do quarto. Permaneço deitado. Quase volto a dormir.

Levanto, escovo os dentes, faço a barba e quando vou encher a banheira... a tampinha não está.

— Bom dia, Chet.

— Bom dia, sr. Eugênio. Dormiu bem?

— Dormi.

— Que bom.

— Chet, a tampinha.

— O que tem a tampinha?

— Adivinha.

— Não me diga que o senhor a perdeu outra vez?

— Eu não perdi nada. Ela sumiu.

— Mas como isso é possível?

— Eu não sei, Chet. Juro que não sei.

— Eu vou providenciar uma nova.

— Eu aguardo.

Fico pensando o que devo fazer. Não sei se devo ir tomar café com a enfermeira Nurse ou não. Fazendo assim com que ela perceba que quero uma distância maior. O macaquinho chega e eu assino o recibo. Nove e cinquenta por uma tampa plástica! Das outras vezes assinei sem nem sequer olhar o valor. Nove e cinquenta, mais nove dos refrigerantes vezes noventa dias é igual a mil seiscentos e sessenta e cinco reais. Isso sem falar nas vodcas da enfermeira Nurse e nas cervejas que tomo no bar. Se eu não tomar cuidado, no fim dos três meses trinta mil não pagarão nem minha estadia no hotel.

Tomo banho e no final meto a tampinha no bolso da calça. Não sou bobo, não. Mal entro no restaurante e a enfermeira Nurse já faz o sinal. Sinalizo de volta. Ela entende o que quero dizer. Suco de laranja, melão e mamão. Junto-me a eles.

— Pega desse pãozinho aqui, ó, está uma delícia.
— Legal, depois vou provar.

Antes que eu consiga dar o primeiro gole, enfermeira Nurse saca o meu copo e imprime sua marca.

— Érika, posso te fazer uma pergunta?
— Claro.
— Há quanto tempo vocês estão aqui no hotel?
— Creio que uns seis meses.
— E por quê?
— Eu não te falei?
— Não me lembro, acho que não.
— O sr. Lourenço e a família são muito ricos, e o filho dele não quis mandá-lo para um asilo. Então eles me contrataram e nós vivemos aqui. Nos feriados, tipo Natal, toda a família se reúne aqui no hotel e comemoram juntos.
— E você nunca sai do hotel?
— Não. Eu não poderia deixá-lo sozinho.
— Mas você não sai nem com ele para dar uma volta no quarteirão, por exemplo? Para tomar um pouco de sol?
— Ele tem lúpus.
— Lúpus? O que é lúpus?
— É uma doença. Quem sofre de lúpus não pode tomar sol.
— Lúpus. Essa eu não conhecia.
— Ela tem esse nome porque ela abre feridas tão profundas no corpo que parecem a mordida de um lobo.
— Nossa! Deve ser horrível.
— É, mas hoje em dia tem tratamento.

— E você não sente falta do sol, ou das ruas, ou de um ar que não seja condicionado?

— O hotel é tão bom que não sinto falta de nada.

Nunca falta vodca no hotel, acho que é isso que ela tenta dizer.

— Mas não te parece um pouco estranho?

— O quê, Eugênio?

— Eu também não posso sair do hotel.

— E por que você não pode sair?

— Faz parte do contrato.

— Isso é um pouco estranho, mas você sabia disso antes de assinar o contrato, não sabia?

— Sabia.

— E por que o contrato especifica isso?

— É que eu tenho que escrever sobre essa experiência. A clausura, o mergulho, a dor da criação... como eles dizem.

— Então faz sentido.

— Mas, às vezes...

— Às vezes?

— Me dá a impressão de que isso aqui não é um hotel.

— Como assim? Se isso não é um hotel, o que é?

— Uma prisão, talvez.

— Hahaha! Esse é o problema das pessoas como você.

— Como assim, pessoas como eu?

— Os artistas.

— Eu não me considero um artista.

— Não é você quem deve considerar, esse julgamento cabe a nós.

— E qual é o problema dos artistas?

— Vocês são muito criativos, muito imaginativos. E às vezes usam isso contra si mesmos.

— Como assim?

— Como essa ideia de que isso não seja um hotel, mas uma prisão. Esse é um bom argumento para um livro.

— Você acha?
— Não leu *A montanha mágica*?
— Não.
— É muito semelhante a essa ideia de prisão. Não trata de uma prisão, mas de um rapaz que vai visitar seu primo que está internado num sanatório porque sofre de tuberculose. No final, o rapaz descobre que também sofre da doença e por isso não pode deixar o sanatório.
— Interessante.
— Sabia que você diria isso.
— Sempre previsível.
— Mas a vida não é um livro. E vocês, artistas, às vezes parecem confundir as fronteiras entre o real e o imaginário.
— Pode ser.
— É nesse ponto que digo que você volta contra si mesmo o seu dom. A sua imaginação.

Saio com a desculpa de fumar um cigarro. O alcatrão e a nicotina me ajudam a criar. Resolvo trocar umas palavras com Chet. Digo a ele da minha engenhosa solução de guardar a tampa no bolso. Depois volto para o quarto e ligo o laptop. A vinhetinha evoca a multidão de personagens que se misturam numa orgia de sexo e batatas.

10

O desespero acelera o relógio. A minha incapacidade de combinar os elementos: dor criativa, hotel, musa com lira, halteres, Melissas e pinups, favela e prisão domiciliar, com batatinhas chips... faz os dias voar. Hoje completam-se dez dias que estou prisioneiro do hotel. De nada me serviu o sr. Fink ou Fante. O pior é que as tampinhas continuam sumindo. O truque de guardá-las no bolso, igualmente, fracassou. O pior de tudo é essa nossa vocação para a resignação. Todos esses dados que antes eram estranhos passam a se tornar corriqueiros. A tudo tornamos rotina. E agora temo o lúpus. O calor que havia entre mim e a, agora, sra. enfermeira Nurse começa a abrandar. Passamos agora mais tempo falando. Ela sempre comenta um livro que não li. Mesmo assim ainda tomamos o café da manhã, brindamos no happy hour, e dormimos juntos. Mas isso é refresco comparado a minha vida profissional. E, quanto ao profissional, eu não tenho a quem recorrer. Quando os gargantas estiveram aqui, eu acabei me esquecendo de pedir o número de seus telefones. Mesmo que tivesse, de nada adiantaria, pois sei que foram viajar. Não sei se voltaram. A desconfiança de Chet, que antes era infundada, agora começa a se tornar uma obsessão. Cheguei a pensar em cavar um túnel para fugir do hotel. Isso sem falar nas doses diárias de arroz chop suey, frango xadrez e rolinhos-primavera, agregados aos misteriosos biscoitos da sorte. Sinto que não irei aguentar. Se não fosse Jesus Kid, eu já teria pirado. A cadela em pink exibe suas nádegas enquanto Jesus lança seu baralho ao chapéu.

Fico imaginando o resultado desse filme que os gargantas pretendem fazer. Será uma bosta, não há outra opção. Esses produtores de merda. Publicitários. Tinha que ser. Os publicitários têm esse hábito de tratar todo mundo como se fosse retardado mental.

Movido por esse mesmo desespero, acabo chamando a sra. enfermeira Nurse para se juntar a mim no almoço. Outro dia ela disse adorar comida chinesa. Ela vem e traz o boneco de cera. O almoço até que corria tranquilo até o momento em que a sra. enfermeira Nurse abocanha um pouco do frango xadrez com um bocado do arroz chop suey, mastiga um pouco, e depois coloca na boca do velho. E eu já estava sem apetite antes disso.

— O que foi? Isso te enoja?

— Não, não é isso.

— Então o que é? Por que parou de comer?

— Eu perdi o apetite. Mas não sei se de nojo ou pelo absurdo da vida.

— Acho que entendo o que quer dizer.

— Esse pobre-diabo. Ele está vivo? Isso é vida?

— A vida seria mais bela se fosse de trás para a frente.

— Será?

— É, nasceríamos velhos e doentes, mas com o tempo iríamos nos tornando cada vez mais jovens e saudáveis. Até que, enfim, nos tornaríamos bebês e depois entraríamos em nossas mães.

— Sei lá. Só sei que perdi o apetite.

— Termine ao menos a sua Coca.

— Não quero.

— E o biscoitinho da sorte?

— Pode comer.

— Eu adoro esses biscoitinhos, adoro ler suas frases.

Ando em círculos. Enfermeira Nurse parte o biscoitinho.

— Santo Deus!

— O que foi?

— Olha o que está escrito no papelzinho do biscoito: "Me ajudem! Estou preso no porão do restaurante. Eles querem me matar".

— Ah! Vem sempre essa frase, eles estão se tornando repetitivos. A criatividade acabou.

— Mas e se isso for realmente verdade? Você sabe, essas histórias de máfia chinesa...

— Isso não pode ter sido escrito por um chinês.

— Como não? O que te faz pensar isso?

— Está escrito em português.

— Mas e se ele tiver um dicionário?

— Será que existe um dicionário chinês-português? Não acredito que exista algo assim.

— Como não? É claro que existe o dicionário!

— Mas você não percebe que isso é um golpe de marketing? É como se eles escrevessem: "Visitem nossa cozinha", ou coisa do gênero.

— Você acha?

— Claro, Érika.

— Nossa! Me deu uma má impressão ler isso.

— Depois os artistas é que são imaginativos.

Esse pequeno e tolo incidente acabou me tirando o sono. Depois de transar com a sra. enfermeira Nurse, ela dormiu, o boneco de cera também encerrou a sessão fechando os olhos e eu permaneci acordado. E se for verdade? E se existir realmente um chinês refém de seu restaurante? Como eu, prisioneiro. Penso no chinês procurando traduzir sua dor no dicionário chinês-português. Longe de sua família, um descrente chinês condenado a escrever mensagens de esperança. Como eu, condenado a escrever.

Pobre chinês. Solitário no escuro de um porão. Obrigado a escrever no escuro. Preciso de um cigarro. Levanto procurando não fazer barulho. Não quero que ninguém acorde. Saio no corredor e acendo o cigarro. A sra. Nurse odeia cigarros. Será que o chinês fuma? E Jesus, pobre Jesus. Não tem aparecido. Não quer me incomodar. Ele disse que se sente feliz em me ver mais tranquilo, mais seguro e autoconfiante. As mulheres nos dão isso, autoconfiança. Nesse instante o elevador faz *pim*, anunciando sua chegada ao andar. A porta se abre e vejo Chet descer sorrateiramente.

— Chet?

Ele se assusta.

— Dr. Eugênio!

Ele nunca havia me chamado de "doutor".

— Está perdido, Chet?

— Não, só estou fazendo a ronda.

— Certo.

— Sr. Eugênio, o senhor teria um desses para me arrumar?

— O quê, o cigarro?

— É, um cigarro.

— Espere um minuto, vou buscar lá dentro.

— Não quero incomodá-lo.

— Não será incômodo.

Entro no escuro do quarto, feito o chinês. Apanho o maço de cigarros enquanto uma ideia martela minha cabeça. Deixo-a de lado. Espero a poeira assentar.

— Aqui está.

— Obrigado, sr. Eugênio.

— Chet, você conhece esse Ching Lig, o restaurante chinês?

— Conheço.

— Tem alguma coisa estranha lá?

— Por quê, a comida não está boa?

— A comida é boa, normal.

— Então o que houve?

— Não houve nada, é só curiosidade.

— É um restaurante chinês como outro qualquer.

— Você tem certeza disso?

— Acho que sim. Mas por quê? O senhor parece tão desconfiado.

— Não é nada, é que veio uma coisa estranha escrita no biscoito da sorte.

— Ah! Eles sempre escrevem umas coisas estranhas nesses biscoitos.

— Foi o que eu imaginei.

— Mas o que estava escrito?

— Algo tipo "Socorro, estou preso no subsolo".

— Isso é mesmo estranho.

— Você acha que seria possível uma coisa dessas?

— Alguém no subsolo?

— É, algo como trabalho escravo.

— Pior é que nos dias de hoje... tudo é possível.

— É, Chet, isso é verdade.

— Sem falar nas histórias que ouvimos de máfia chinesa, máfia coreana...

— Isso sem falar na máfia italiana.

— É verdade.

— Chet, você acha que deveríamos mostrar um desses bilhetes à polícia?

— Não sei, não, sr. Eugênio. Porque, se for coisa de máfia, a polícia deve estar envolvida.

— Isso é um fato.

— No fim a corda arrebenta pro lado mais fraco.

— Você está certo de novo, Chet.

— Acho que a melhor coisa é se fazer de morto, como diz o ditado.

— É o melhor a fazer, não há dúvidas.

— Bom, sr. Eugênio, é melhor eu ir agora.

— Que horas são, Chet?

— Três e vinte.

— Boa noite, Chet.

A ideia parece cada vez mais clara. Volto para a cama. A sra. enfermeira Nurse diz algo que escapa de seu sonho: "Tâmaras". Quem mais poderia sonhar com algo assim? Tâmaras?

O dia seguinte segue a mesma lógica dos demais. Rumino a ideia surgida no meio da noite. Café em família, tampinha, banho, cadela em pink, almoço, amarelos, brancos e betabloqueadores. E pensamentos recorrentes, trinta mil, gargantas, halterofilistas e batatinhas. Para quebrar a rotina, resolvo tirar o dia de folga. Evoco Jesus Kid e me espanto com o que vejo. Jesus não está vestido com suas vestes negras, ao contrário, surge todo de branco e com um bigodinho ralo.

— O que há com você? Parece estranho, diferente.
— Eu me sinto estranho e diferente.
— Por que mudou as roupas?
— Não sei.
— Acho que tenho passado muito tempo longe de você, Jesus.
— Será que é por isso que me sinto estranho?
— Pode ser. Tem algo mais mudado em você?
— Eu me sinto muito estranho.
— Acho que eu tenho dedicado muito tempo à enfermeira Nurse.
— Eu me sinto um pouco fraco.
— Eu já sei. É porque tenho me dedicado a escrever essa outra história. Pela primeira vez, em anos, não estou fazendo uma de suas aventuras. Eu bem que tentei te encaixar nesse novo argumento, mas não há espaço para você. Mas você me entende, não é mesmo?
— Eu entendo, mas continuo me sentindo estranho.
— Eu vou procurar dividir o meu tempo. Vou tentar escrever a história dos gargantas e ao mesmo tempo começar a nova aventura de Jesus Kid.
— A história das pinups?
— Isso, a história das pinups.
— Legal.

Jesus vai embora. Nunca o vi tão frágil. Nunca havia enxergado a mortalidade em Jesus Kid. Isso me preocupou. Será que ele está morrendo porque o estou deixando de lado? Preciso acelerar o processo dessa merda de história antes que eu o perca. Não posso perdê-lo. Ele é o meu ganha-pão.

Ligo para o serviço bancário, para tirar o saldo, e descubro que ainda não entraram os dez mil. Isso vai ferrar minha conta, deixei tudo no débito automático. Minha vida lá fora. A única coisa que comprova que tenho uma vida fora daqui são minhas dívidas. Contas a pagar. Aluguel, condomínio, luz e gás, seguro-saúde, IPTU, IPVA, o carnê da geladeira. Isso sem falar nas prestações dos empréstimos. Ligo para o gerente e peço que ele segure as pontas por mais alguns dias. Por que não depositaram?

No happy hour, enfermeira Nurse percebe minha preocupação. Explico a razão, falo das contas e de uma grande soma que não entrou, mas não falo nada sobre Jesus, comento apenas contratempo bancário. Para minha surpresa, a sra. Nurse me oferece dinheiro emprestado. É uma possibilidade, por que não? Assim que entrar o dinheiro, eu devolvo e ainda sobra um bocado. É só por uns dias, assim não corro o risco de ter o nome sujo. Ela faz um cheque de mil e seiscentos reais e eu o deposito no caixa eletrônico que fica no primeiro andar.

O gesto tão desprendido da sra. Nurse me comove. Para demonstrar minha gratidão, convido-a para jantar no restaurante do hotel. Ela não precisa saber que é ela mesma quem vai pagar a conta. Ela não precisa saber que pedi um pouquinho a mais do que de fato preciso.

Pedimos os pratos com nomes em francês. O meu foi escolhido pela loteria do dedo. Aponto para o garçom, mas não sei o que peço. Pedimos uma sopa para o boneco de cera. E para demonstrar o meu reconhecimento, num gesto de grandeza, eu mesmo faço aviãozinho para o boneco de cera. Quando a sopa escorre de sua boca, eu mesmo seco seu queixo com o guardanapo.

Jogo as caixas chinesas no lixo. Intactas. Frango xadrez, arroz chop suey e rolinho-primavera, isso sem falar no sinistro biscoitinho.

O boneco de cera me assiste, com olhos vidrados, pegar a sra. enfermeira Nurse por trás. Depois eles dormem. Eu finjo. Permaneço na cama até quase as três da manhã. Então, entro no banheiro, apanho a tampinha e me instalo na banheira vazia. Antes cuidei de apagar a luz e puxar a cortina. Sei que estou certo. Sei que desvendei o mistério. Permaneço em silêncio na tensão de um filme de Alfred Hitchcock. Cerca de quinze minutos depois, ouço a porta do quarto sendo destrancada e aberta. Ouço os passos em direção ao banheiro e quase posso ouvir meus batimentos cardíacos de tão fortes. Me esqueci de apanhar uns betabloqueadores. Percebo o facho de luz de uma lanterna vindo em direção à banheira. Então a cortina se abre. Ao me ver, assustado, Chet derruba a lanterna. Mesmo no chão, a lanterna permanece acesa, nos oferecendo uma penumbra.

— Boa noite, Chet.

— Dr. Eugênio!

Chet sussurra.

— O senhor quase me mata de susto!

— Quer a tampinha, Chet?

— Como o senhor descobriu?

— Ontem, quando o vi descendo do elevador.

— Por favor, sr. Eugênio, não me denuncie à gerência. Eu preciso desse emprego.

— Por quê?

— Porque minha mãe é doente. Eu preciso cuidar de minha mãe.

— Não, Chet, por que você fez isso comigo?

— O meu salário é uma merda, dr. Eugênio...

— Então você resolveu pegar um extra com o trouxa aqui.

— Não, dr. Eugênio, não é bem assim.
— Não é? Então como é?
— É praxe.
— Praxe?
— É. Nós sempre aplicamos essa jogada.
— Nós?
— É, a ideia desse plano não é minha, é do Francisco.
— Então eu não sou o único otário?
— Eu não considero o senhor um otário. Eu gosto do senhor.
— Você gosta de mim e me fode por trás.
— Dr. Eugênio, muitas vezes nós fodemos por trás as pessoas que mais amamos.
— Isso quando elas consentem, ou no cu sentem.
— Eu não queria magoá-lo, senhor.
— Foi bom. Eu gostava de você, Chet.
— Por favor, não tome isso como algo pessoal. É só uma forma de engordar o orçamento. Eu já devia ter parado.
— E por que não parou?
— Porque o senhor é tão desligado, eu achei que o senhor nunca descobriria.
— Você está tentando dizer que eu sou otário?
— Não, nada disso, senhor! Eu estou dizendo que o senhor vive com a cabeça nas nuvens, o senhor é artista, escritor.
— Como funciona o plano, Chet? Como vocês percebem a hora de parar?
— Nós aplicamos, pela primeira vez, assim que o hóspede chega. Se ele reclamar direto na gerência, então sabemos que é hora de parar.
— Se não reclamar na gerência, vocês não param?
— Geralmente aplicamos o golpe em hóspedes temporários, pessoas que estão de passagem. Eles ficam cerca de dois ou três dias no máximo.
— E sempre dá certo?

— Quase sempre.

— E onde vocês conseguem as tampinhas? Conhecem algum fabricante? Mantêm algum convênio?

— Não! As tampinhas são sempre as mesmas. Nós as tiramos do quarto e depois devolvemos.

— Como sou burro! Então todas as vezes que paguei pela tampinha, na verdade estava pagando pela mesma? É isso?

— É isso, senhor.

— Saia daqui, Chet! Agora você me deixou muito nervoso!

— Mas, senhor, faria diferença se fossem tampinhas novas?

— Saia, Chet!

11

Querido diário, hoje faz vinte dias que estou no hotel. Não consigo fazer a história engrenar. Tenho feito desconcertantes descobertas. Percebi que escrever Jesus Kid era uma forma de me afastar do mundo, uma fuga barata, era medo disfarçado em prazer. Nada mais do que isso. Agora que estou exilado, privado do mundo, não consigo lhe dar vida. Não consigo sustentá-lo. Não consigo acreditar em suas verdades. Provo a tal dor de que os gargantas falavam. A dor de Fink, o vazio de Fante. A dor da criação. Desconhecia esse gosto amargo do teclado emperrado. Não desconfiava da artrose das mãos que não recebem ordens do cérebro. Cérebro covarde. Cérebro que se volta pra dentro e só produz pesadelos. Nunca havia abrigado essa coisa que só se alimenta de medo e se incha. Em contraponto, não imaginava possível encontrar tamanho prazer no ócio. Não me refiro ao "ócio criativo", mas ao ócio ocioso de atirar cartas a um chapéu ou de contemplar rachaduras no teto. Não consigo manter Jesus Kid de pé. Não avanço. Nem na história encomendada nem nos caminhos que Jesus poderia correr. Estou preso, amarrado. Em breve sofrerei da mordida do lobo e me verei obrigado a fugir do sol. Em breve só moverei os olhos e serei obrigado a comer da comida que alguém, por caridade, mastigar. Num futuro bem próximo, serei um boneco de cera num hotel de luxo. De um luxo que não posso gozar. Sinto inveja do maldito chinês preso em seu escuro porão. Ele não é obrigado a escrever livros, apenas frases. Mesmo que elas não façam sentido, basta que sejam frases tão curtas que caibam num biscoito. A mim, cabem os livros. Livros cheios de páginas, cheios de frases que contenham sentido. Mesmo que o argumento seja nefasto, composto de personagens inverossímeis, halterofilistas escritores filhos de donos de hotéis. Hotéis que abriguem favelas e escritores que sofram por tentar expressar a pobreza de ideias de pessoas medíocres, em troca de um punhado de grana. Como uma puta, uma cadela, alugo meu cérebro para que lhe enfiem ideias e eu as transforme em prazer, ou entretenimento. Como uma puta, cadela, devo dar-lhes ação. Devo diverti-los e fazer o tempo passar. Só que as putas são fodidas no corpo, enquanto eu sou fodido na alma. É em mim, no meu ser, que eles esfregam seus paus.

O medo é a conversão da fúria que procuro esconder.

Uma fúria medonha e disforme. Se eu ousasse libertar essa ira, então vocês saberiam o que de fato é ação.

Mas eu, piedoso, os protejo de mim.

Eu grito pra dentro.

Querido diário, eu gero tudo o que penso.

Querido diário, me proteja de mim.

12

Toca o telefone.
— Pronto?
— Eugênio, é o Max.
— Como vai, Max?
— Eu que lhe pergunto, como vai o nosso gênio?
— Tudo bem.
— E nosso roteiro? Como vai?
— Indo.
— Você não parece muito animado, o que que há?
— Não há nada.
— Resolveu aquela parada?
— Que parada?
— A sua dúvida em relação ao conteúdo.
— Não sei responder.
— Xi! Assim você me deixa preocupado.
— Max, por que não depositaram os dez mil na minha conta?
— O quê? Não me diga que não fizeram o depósito.
— É justamente o que acabo de dizer.
— Poxa, que coisa! Eu voltei hoje da França, mas tinha dado instruções para a minha secretária fazer o depósito. Faz o seguinte, eu vou dar uma verificada e hoje mesmo esse depósito vai estar entrando na sua conta.
— Isso seria bom, Max.
— Pode ficar tranquilo. E, por falar nisso, eu estou te ligando porque estava pensando em dar uma passada por aí amanhã.
— Amanhã?
— É. Amanhã no fim da tarde. Eu e o Fábio.
— Sei.
— Assim a gente dá uma olhada no que você fez.
— Hum-hum.
— Combinado?
— Vocês querem ler a história? É isso?
— É isso aí, irmão.

— Sabe o que é, Max, é que eu escrevo de uma forma meio particular... Só depois é que eu vou estruturando... Entende?
— Claro, mas mesmo assim a gente vai vendo esse esqueleto.
— Sei... Querem ver o esqueleto...
— Para ver se está nos conformes.
— Entendo.
— Ô Eugênio, você não está economizando na ação, não é mesmo?
— Não.
— E não me venha com aqueles personagens que se levam muito a sério. Você sabe, cheios de drama existencial.
— Fica tranquilo, Max.
— Então nos vemos amanhã.
— Sabe o que é, Max, amanhã é sexta-feira.
— E daí?
— Por que não marcamos na segunda?
— Você acha que até lá você consegue dar uma estruturada?
— Claro! Pode deixar.
— Então está fechado! Nos vemos na segunda, irmão!
— Até segunda, irmão.
Tenho três dias para escrever a história. O prazo é o que menos me preocupa. Já escrevi aventuras de Jesus Kid, com mais de duzentas páginas, em uma semana. O problema é o tal argumento. Procuro respirar fundo. Tomo três do amarelo e tento respirar mais fundo ainda. Betabloqueadores e mais um pouco de ar, condicionado. O pior é que, em parte, o erro também é meu. Não explorei o hotel, não escutei suas histórias e não dediquei a devida atenção a seus hóspedes e funcionários. Ao contrário, confrontei Chet por míseros trocados. Pobre Chet filho de mãe doente. Pobre Chet fiel leitor de Paul Gentleman. Pobre Chet que dedicou seu pouco tempo de folga a ler histórias que eu mesmo inventei. Pobre Chet que foi desmascarado por um crápula no seu engenhoso

plano de evaporação de tampinhas. Pobre Chet conhecedor dos mistérios desta estranha morada. Desta vez eu mesmo escondo a tampinha.

— Chet?
— Dr. Eugênio.
— Não me chame de "doutor", me chame apenas de "senhor".
— Pois não, sr. Eugênio, em que posso ajudar?
— Chet, não consigo encontrar a tampinha.
— Isso é algum tipo de brincadeira, senhor?
— Não, falo sério.
— Então providenciarei uma, senhor.
— Seria possível você mesmo trazê-la?
— O senhor quer que eu leve?
— Seria bom se você pudesse fazer isso por mim.
— Tudo bem. Vou aproveitar que o Francisco está por aqui.
— E não se esqueça do recibo.
— Pode deixar, senhor, essa será por conta do hotel.
— Eu faço questão de pagar.
— Como queira, senhor. Subo em um minuto.
— Obrigado, Chet.

Sei que Chet não irá me desapontar. Sei que Chet me revelará incontáveis histórias que poderei usar em troca de tampinhas de banheira. Tenho três dias e isso me bastará para distrair os gargantas. Vou transformar minha fúria que se transmudou em medo em histórias de acalantar gargantas. Histórias não tão profundas quanto os próprios gargantas, mas histórias que entretenham e divirtam comedores de pipoca em salas de projeção. Vou dar forma e movimento às palavras e elas se converterão em ação, sangue e sexo. Engordarei minha conta bancária e saldarei minhas dívidas. Deixarei este maldito hotel e serei convidado a voltar. E, quando voltar, será um feliz reencontro. E me pagarão em dobro para que eu escreva histórias que se convertam em película. Farei espetáculos espetaculares que encherão os seus cus de dinheiro e isso os fará sorrir. Eu sou o senhor do verbo e artesão das palavras. *Toc toc toc*. Agora Chet bate na porta.

— Aqui está, senhor.
— Entre, Chet.
— Com licença.
— Fique à vontade. Quer beber algo?
— Não, obrigado. Estou em serviço.
— Beba uma Coca.

Apanho uma Coca no frigobar. Chet agradece e limpa a borda da lata na camisa, acreditando assim espantar a leptospira. Leptospira, bactéria da família Leptospiraceae causadora da leptospirose. É impossível não associar essa palavra à enfermidade de que sofro: *laptopspirose*. Infame trocadilho convertido na forma como provavelmente Jesus Kid batizaria o parasita que me imobiliza. É dolorosa a dor criativa. É obscuro o branco do papel.

— Tá geladinha?
— Está ótima, senhor, obrigado.
— Então, Chet, como vão as coisas?
— Tudo bem, senhor.
— Fico feliz. Sabe, Chet, eu queria me desculpar pela indelicadeza daquela noite.
— O senhor não foi indelicado. Eu é que me envergonho e me desculpo, imensamente.
— Você não precisa se desculpar.
— Então, vamos esquecer este assunto, senhor.
— Que assunto? Hahaha!
— Bom, eu preciso ir, senhor.
— Calma, Chet, vamos conversar mais um pouco.
— O senhor está querendo me pedir algo, ou é só impressão?
— Você é um rapaz arguto, Chet.
— E isso é bom?

— Isso é ótimo.
— E então, o que o senhor quer pedir?
— Eu preciso da sua ajuda, Chet.
— Pode contar comigo, senhor. O que deseja?
— Eu queria que você me contasse histórias.
— Que tipo de histórias?
— Histórias dos bastidores do hotel. Curiosidades, incidentes, você sabe...
— Fofocas?
— Isso! Fofocas, por que não?
— Quer ouvir uma boa?
— Diga lá, amigão.
— Sabe a enfermeira que o senhor namora?
— Sei! O que é que tem?
— Ela dá pra todo mundo do hotel.
— Como assim? Todo mundo? Você já comeu?
— Ô!
— Caralho!
— E ela bebe o dia inteiro.
— Ela bebe?
— E põe tudo na conta do senhor.
— Na minha?
— É, o Gastão me falou que sua conta no bar já passa de quatro mil reais.
— Quatro mil!? Quem é Gastão?
— O barman.
— Caralho!
— Ela dá até para o seu Lourenço.
— Quem é Lourenço?
— É o velho aleijão.
— Caralho! Mas o velho só mexe os olhos.
— É, mas dizem que, quando ele paralisou, estava de pau duro e o pau duro ficou.

— Caralho! Puta que os pariu!

— Gostou dessa?

— Mas como assim, quatro mil? O que ela está bebendo, ouro líquido?

— Vodca russa. No mínimo cinco por dia, às vezes sete.

— Vodca russa! Caralho! Quanto custa uma vodca russa?

— Doze dólares.

— O litro?

— Não, a dose.

— E tá dando pra todo mundo...

Chet, seu filho da puta! Vingativo! Quer me derrubar com essas fofocas. Sudorese, tremor, fúria que se converte em pavor. Pânico. Taquicardia.

— O senhor está bem?

— Quem, eu?

— É, o senhor está suando. Está pálido.

— Eu preciso me deitar um pouco.

— Vou pegar uma água para o senhor no frigobar.

— Não! Pega na torneira!

— Vou buscar.

Me deito e o quarto começa a rodar. Tudo roda. O hotel roda. Sudorese, taquicardia. Chet traz água. Pego o bloco do hotel. Doze dólares vezes três é igual a trinta e seis reais. Trinta e seis vezes vinte (os dias que estou no hotel) é igual a setecentos e vinte reais. O Chet está tentando me enrolar!

— Olha aqui, Chet! Eu fiz a conta.

— Setecentos e vinte?

— É. Trinta e seis, que equivalem aos doze dólares, vezes vinte, dos dias que estou no hotel, é igual a setecentos e vinte reais!

— Isso se ela tomasse uma dose por dia, mas, como eu disse, ela chega a tomar até sete doses por dia.

— Então são setecentos e vinte vezes sete?

— Pelo menos setecentos e vinte vezes cinco, que é a média por dia. Então você multiplica por vinte, que é a soma dos dias, para chegar ao resultado.

Calculo.

— Não pode ser! Aqui deu mais de... Não! Você falou tudo errado! Não preciso multiplicar os setecentos e vinte por cinco e depois por vinte! Você está querendo me ferrar, é? De novo?

— Só se eu me enganei, não sou muito bom na matemática.

— Deixa eu fazer a conta de novo.

Doze dólares vezes cinco é igual a sessenta dólares por dia. Sessenta dólares vezes vinte dias é igual a mil e duzentos dólares. Com o dólar a três reais, quer dizer... três vezes mil e duzentos, que é igual a três mil e seiscentos reais. Puta que o pariu! Cadela desgraçada! Puta vadia!

— Três mil e seiscentos reais! Isso sem falar nas cervejas que tomo e no maldito jantar!

— Não me diga que jantaram no restaurante do hotel?

— Por quê? Lá é caro?

— Vixe!

— Caralho! Chame um médico, acho que vou desmaiar.

— Calma, seu Eugênio! Calma!

— No fim das contas, eu vou ter que pagar para escrever essa história.

— Vou buscar mais água.

— Da torneira! Da torneira!

Chet traz água. Os remédios começam a fazer efeito. Respiro fundo o ar condicionado. Preciso manter a calma. Tenho que pensar que na verdade ela só me deve dois mil, descontando o cheque que ela me emprestou e que certamente não irei devolver. Preciso fechar as torneiras. Conter os gastos. Explico para Chet a razão de todo o meu desespero. Conto o motivo de necessitar das histórias dos bastidores do hotel.

Revelo o meu prazo tão curto. Chet procura me confortar alegando ter a solução para os meus problemas.
— Geraldo Antunes.
— Quem? Quê?
— Geraldo Antunes está hospedado no hotel.
— Quem é Geraldo Antunes?
— O dramaturgo.
— Dramaturgo?
— É. Teatrólogo, cineasta, multimídia, performer...
— Nunca ouvi falar.
— O cara é grande. É o maior.
— E está aqui no hotel?
— Ele sempre fica aqui no hotel.
— Você o conhece?
— Ele é gente boa. Me trata bem. Me chama pelo nome.
— Chet?
— Não, Arlindo.

13

Chega a comida chinesa. É hora da janta. Arroz chop suey, frango xadrez e rolinho-primavera. Como com nojo. Bebo água da torneira. Penso. Penso que a maldita enfermeira deve estar me esperando no bar. Imagino a maldita enfermeira Nurse com um copo de vodca russa de doze dólares a dose. Deve estar descansando. Cansada de tanto dar. Hoje deve ter dado pra todos. Até no pau duro do boneco de cera deve ter sentado. Pau de boneco de cera deveria ser vela. Como o biscoito da sorte sorrindo. "Tirem-me daqui!" Racho o bico com o sortudo prisioneiro chinês. Chinês do caralho! Enfermeira Nurse do caralho! Enfermeira Nurse dos caralhos! Puta maldita! Penso no tal do Geraldo Antunes. Crio uma cara para ele. Imagino que ele tenha uma cara. Dramaturgo do caralho! Penso no Chet. Chet do caralho! Hotel do caralho! Trinta mil do caralho! Gargantas do caralho! Estou fodido. Fodido e não pago. Tiro o saldo por telefone, e nada. O Chet me disse que Geraldo Antunes come sempre no restaurante. Chet disse que devo abordá-lo enquanto janta. Chet disse que eu deveria lhe pagar o jantar. O Chet tá sempre tentando me foder. Porra! Que falta eu sinto da prisão em que vivia. Da prisão do lado de lá! Eu não era feliz e não sabia. Eu não era feliz e não sentia. Pelo menos, no outro presídio, de onde venho, a Coca-Cola era mais barata. Escovo os dentes e evoco Jesus. Ele surge tão abatido que resolvo poupá-lo. Eu mesmo irei falar com esse tal de Geraldo Antunes do caralho! Eu também sou dramaturgo do caralho! Penso em minha ex-mulher. A comparo com a minha atual, enfermeira. A minha ex-mulher também dava para todo mundo. A diferença entre ela e a Nurse é que minha ex-mulher só não dava pra mim. Nesse ponto não posso reclamar da enfermeira Nurse, porque até pra mim ela dá. É muito puta essa vaca! Hoje é quinta, só me resta a sexta, o sábado e o domingo para resolver meu dilema. Saudade da cadela em pink, ela, sim, é mulher de verdade. Ainda são dez para as sete. Creio que o Geraldo Antunes do caralho jante mais tarde. Espero que, quando o encontre, não seja tão tarde. Tarde pra caralho. Resolvo arriscar uma congestão e tempero a água. Jogo bolinhas de espuma. Fico pelado. Pelado pra caralho. Mergulho o próprio. Contemplo o teto. Uma pequena aranha tece sua pequena teia. A pequena aranha não desconfia ser prisioneira e não presa. Bato uma punheta de raiva. Lembrando do cu da enfermeira. Esporro, sujando a água que me lava. Estou quase pronto para ver o dramaturgo. Difícil vai ser entrar no restaurante sem Jesus. Jesus está mal das pernas, mas sou eu que em linhas tortas escrevo. Já dizia o ditado. Jesus Kid anda reto com pernas tortas. Pernas de caubói. Saio sujo do banho. Visto uma de minhas roupas amassadas. Alinho os cabelos e parto por corredores que não levam a nada. Parto para parte alguma. Desço. Tropeço em meus próprios passos. Trinta mil, digo a mim mesmo. Trinta mil, trinta mil, trinta mil. Quando saio do elevador, entram as duas que um dia minha bunda beliscaram. O saguão está repleto de moças pinups. Pobre Jesus. Não as vê. Caminho para o restaurante jantado. Quando chego à porta, paro. Não sei como é esse tal de Geraldo. Não sei se sua cara é como a que imaginei pra ele. Volto ao saguão e acabo esbarrando numa pinup. Ela é tão linda que me contamina. Sorri para mim e eu devolvo a gueixa. "Que gracinha, ele é tímido." Ela diz. Sinto meu rosto corar. Ando até o posto de Chet e pergunto:

— Como é sua cara?

— Você já deve tê-lo visto, ele sempre aparece na TV.

— Faz tempo que não assisto TV. Além disso, não sou bom fisionomista.

— Vamos lá, deixe que eu te apresento.

— Você faria isso por mim?

— Vamos, ele é um cara bacana.

— Você vai falar pra ele que eu sou escritor?

— Claro.

— Eu preferia que você não dissesse isso. Eu não sou um bom escritor. Eu sou um medíocre... Só escrevo livros de banca de jornal.

— Mas, se você não disser para ele que está enfrentando uma crise criativa, como acha que ele vai poder ajudá-lo?

— É verdade.

— Com licença, sr. Geraldo Antunes, eu gostaria de lhe apresentar um amigo.

— Claro, Arlindo.

— Muito prazer, meu nome é Eugênio.

— Como vai, Eugênio?

— O Eugênio também é escritor.

— Não brinca.

— É sério, diga a ele, Eugênio.

— Eu sou escritor.

— O Eugênio estava querendo pedir uns conselhos ao senhor. Ele é um grande admirador de sua obra.

— Verdade? Assim você me envaidece.

— Diga a ele, Eugênio, você não é um grande fã?

— Sou.

— Você quer um conselho, criança?

— Hum-hum.

— Então eu vou dar. Eu vou dar pra você. Hahaha!

— Viu, Eugênio, não falei que o sr. Geraldo era um cara legal?

— Hum-hum.

— Ele é um pouco tímido, sr. Geraldo, mas é um grande admirador.

— Que gracinha. Não quer sentar? Eu estou tão sozinho...

— Manda ver, Eugênio.

Chet sussurra em meu ouvido ao sair, com um largo sorriso irônico...

— Mas qual é o problema, criança?

O sr. Geraldo diz isso enquanto afaga minha mão.

— Está em crise? Que bobagem. Você só precisa relaxar, seu bobinho.

— Eu realmente estou mesmo precisando muito relaxar.

— Eu vou te fazer relaxar, você vai ver...

— Éééééé...

— O Arlindo me falou muito de você.

— Falou?

— Falou. Não precisa ficar sem graça, eu também sou...

— É?

— Eu sou, não deu pra notar?

— É?

— Sou.

— É...?

— Sou como você.

Fodeu! Com a outra mãozinha, Geraldo Antunes alisa minha coxa. Não consigo reagir. Não me contendo, abro a latinha de pastilhas Valda e mando três do amarelo e dois do branco de uma só vez.

— Ah! Eu também quero!

— Hein?

— Eu também quero ficar doidão!

Ofereço para ele a latinha e ele pega um punhado e engole com a ajuda do uísque. Esse Geraldo Antunes não parece uma pessoa real. Parece um desses personagens de desenho animado. Ele é a mistura do capeta com a Penélope Charmosa. Pior é que não consigo reagir. Estou apavorado. Sei muito bem o preço que terei que pagar, o que não sei é se de fato ele pode me ajudar. Todas as pessoas que circulam pelo restaurante, quando o veem, fazem uma reverência. Não sei se ele é bom no que faz, mas certamente é respeitado e famoso.

— Não quer comer nada, Eugênio?

— Não. Eu estou satisfeito.
— Espero que só de comida. Hahaha!
Procuro encurtar o caminho criando um atalho:
— Sabe, seu Geraldo, a minha dúvida é que tenho que escrever uma história cujo argumento não é meu e...
— Isso a gente conversa depois. No meu quarto.
Ele pisca pra mim.
— Fica tranquilo, criança. Seja o que for, nós vamos resolver.
Tem um velho ditado que diz: "Já que você está no inferno, aproveita e abraça o diabo".

14

Querido diário, a noite de ontem será uma página que arranquei de você. Nada mais a acrescentar.

Acordo com batidas na porta. Dolorosamente me levanto. Abro. Chet. Chet com seu sorriso sardônico. Chet traz um desses carrinhos de bagagem, dos grandes, repleto de caixas embrulhadas para presente. Onde estou? Que dia é hoje? Que horas são?

— Dormiu bem?

Tremem minhas mãos, minha face, sou todo tremor. Meus punhos se cerram.

— Hoje cedo, antes de partir, ele passou na loja do hotel e comprou tudo isso para você.

— Ele já foi?

— O voo era cedo. Não me diga que já sente saudade?

Toda a homofobia que ontem fui obrigado a engolir explode na cara de Chet. Ação! Chet voa de costas até encontrar a parede. Vejo Chet aderindo à parede feito um escarro. Ação! Sua cabeça estala num baque tão surdo. Depois, surpreendentemente, Chet com as costas ainda grudadas à parede toma impulso e se lança em direção ao carrinho de bagagem, empurrando-o com toda a força contra meu peito. Ação! O impacto me lança para dentro do quarto e eu, desequilibrado, atravesso o quarto de costas. Desta vez sou eu quem encontra a parede. Minha cabeça estala contra sua solidez. Ação! Escorro pela parede até bater com a bunda no chão. Chet bate a porta, isolando-nos do resto do hotel. A porta bate com força, mas Chet bate ainda mais forte o bico de seu sapato de macaco contra as minhas costelas. Ação! Perco o fôlego. Chet repete seu golpe. Antes de fechar os olhos, vejo o sangue que verte de seu nariz. Me contorço de bruços no chão. Chet me levanta pelo colarinho. Aproxima sua cara da minha, ele chega tão perto que chego a pensar que ele vai me beijar. Mas Chet não me beija. Chet grita comigo. Semicerro os olhos procurando me proteger da chuva de partículas de sangue e perdigotos.

— Seu bosta! Como ousa bater na cara de um homem?
— Me desculpe, Chet.
— meu nome é arlindo!
— Calma, Chet, você está alterado.
— Chet é o caralho!

Chet me arremessa a cama. Ação! Eu quico no colchão e caio de bruços no chão.

— Se você disser algo sobre esse incidente à gerência, eu acabo com você.

Chet deixa o quarto. Olho o relógio na parede e percebo que só tenho sete minutos se não quiser perder o café. Um café é tudo o que eu preciso agora. Mando pra dentro cinco amarelos, três brancos e mais três betabloqueadores. Mastigo e engulo. Nada de água. Corro para o restaurante. Todos olham pra mim. Devo estar completamente desalinhado, procuro ajeitar os cabelos e ponho a camisa pra dentro. Dormi vestido, sem perceber. Enfermeira Nurse ainda está por aqui. Sinaliza pra mim enquanto faço o prato. Finjo não ver. Então ela vem até mim. Beija meu rosto.

— Nossa! Você não me parece bem.
— Não estou bem.
— Venha se juntar com a gente.

Nada respondo.

— Eu te procurei ontem à noite e não te encontrei. Onde esteve? Saiu?
— Tive que resolver uns assuntos profissionais.
— Eu te esperei no bar para o happy hour.

Me encosto num canto da parede e começo a comer meus pães com café.

— Venha se sentar com a gente. Nós já terminamos, mas estávamos esperando você.

— Eu não vou me sentar.

— Por que não?

— Não posso me sentar.

— Hemorroidas?

Sussurra a enfermeira.

— É. Hemorroidas.

— Precisa ver, às vezes é preciso operar.

— Não adiantaria.

— Como assim?

— Certas coisas nunca mais voltam a ser como antes.

Largo o meu prato sobre a mesa e saio com a xícara do café em direção ao elevador. Entro no quarto. Tomo o último gole e acendo um cigarro. Abro caixas embrulhadas em papel de presente. Muitas caixas. Roupas e mais roupas. Roupas finas. Roupas iguais às que vestem os hóspedes de luxo do hotel de luxo. Apesar de tudo, não odeio o sr. Geraldo Antunes. Apesar dos pesares ele me deu em troca o que eu precisava. Geraldo Antunes me deu a solução do problema. "Nem Fink, nem Fante. A resposta que procura está em Ionesco." Assim falou Geraldo Antunes. Coloco o laptop sobre a mesinha e jogo o meu travesseiro sobre a almofada da poltrona. Me sento meio de lado. Procuro me ajeitar de modo que não doa. Enquanto isso, o laptop canta sua estúpida musiquinha. Hoje é sexta-feira, resta-me pouco tempo. Ação! Dedilho o teclado com fúria e velocidade. Escrevo e escrevo e escrevo e escrevo. Tenho todas as respostas. Essa eu devo a Ionesco e obviamente ao Geraldo. Enfermeira Nurse bate na porta e chama meu nome. Finjo não estar. Escrevo, escrevo, escrevo. Trabalho, trabalho, trabalho. Ação! Imagino a câmera em plano fechado, close em meus dedos e ao fundo o negro teclado. Disse Geraldo Antunes que Ionesco escrevera uma peça chamada *O improviso da alma ou O camaleão do pastor*. Disse Geraldo que a peça foi estreada em 1956, na França. Disse Geraldo que nessa peça Ionesco introduz a si mesmo como uma personagem. Disse Geraldo que a peça fala sobre uma encomenda de um texto teatral, ou seja, de uma peça que havia sido encomendada a Ionesco. A encomenda havia sido feita por uma companhia de jovens atores, estudantes. Disse Geraldo que, quando se abrem as cortinas, vemos Ionesco dormindo sobre sua mesa de trabalho. Então Ionesco é acordado por Bartolomeu I, que é o produtor do grupo. Pelo menos isso foi o que entendi. Bartolomeu I quer saber de Ionesco a quantas anda a peça, o prazo está no fim e Ionesco havia dito já ter escrito grande parte da obra. Embora tenha dito isso, Ionesco ainda não tem nada. Então Bartolomeu lhe pergunta sobre a peça, quer ver algo, quer saber qual o título, ou pelo menos o conteúdo. Diz Bartolomeu a Ionesco: "Como a peça começa?", "Qual é a imagem inicial que pôs em movimento?", e coisas do tipo. Os dois continuam com essa lenga-lenga até que Ionesco começa a ler o que escreveu, ou finge que lê. É aí que entra a grande sacada de Ionesco. Ele começa a dizer exatamente tudo o que aconteceu desde o começo da peça, ele repete palavra por palavra o que havia escrito até o momento, ou seja: "Quando se abrem as cortinas, vemos Ionesco dormindo sobre sua mesa de trabalho. Então Ionesco é acordado por Bartolomeu I, que é o produtor do grupo. Bartolomeu I quer saber de Ionesco a quantas anda a peça, o prazo está no fim e Ionesco havia dito já ter escrito grande parte da obra...".

  Essa é a resposta. Essa é a única possibilidade de inserir todos os ingredientes que me foram encomendados. Essa é a única forma. Devo me expor e revelar os meus mais secretos sentimentos demonstrando minha visão crítica e o doloroso processo criativo que venho sofrendo. Devo revelar a minha prostituição da alma, e agora também do corpo. Devo manifestar o ridículo da intenção dos gargantas e o meu ridículo em aceitar por necessitar do dinheiro. Ninguém deverá ser poupado. Ou seja, Ionesco me diz para fazer o que intuí no início quando ironicamente escrevi "querido diário" e segui relatando os detalhes de meu dia a dia. Por isso, agora que tenho o caminho, só me resta escrever, escrever e escrever. E é isso que faço agora.

Não consigo respirar. Abro a boca buscando ar. Transpiro. Tremo. O lugar me oprime, estou parado na porta do restaurante. "Licença." Um homem atrás de mim diz. Dou passagem, ele entra. Meu coração bate desorientado. Acho que vou ter um infarto, ou um derrame. Tomo um comprimido amarelo. Procuro me concentrar. Penso nos trinta mil. Peso minhas dívidas. Preciso entrar.

Penso em Jesus. Evoco Jesus Kid. Jesus ajeita o chapéu de forma a esconder os olhos. Jesus Kid entra. Jesus Kid é frio. Caminha pelo suntuoso restaurante. Nada o intimida. Jesus Kid não tem medo de nada. Jesus caminha pelo restaurante. Não está tranquilo, porque sempre está alerta. Todas as pessoas no restaurante são bonitas e saudáveis. Todos no recinto possuem pelo menos trinta e dois dentes. Brancos. Eu sou feio. Meus dentes são amarelos. Jesus Kid tem o rosto marcado e uma beleza agressiva. Procuro esconder meu desconforto. Jesus Kid nunca demonstra emoção. Seu rosto é sempre igual. Jesus só ri quando morre ou quando mata. Como nunca morreu, até hoje só sorriu quando matou. Jesus faz um delicado carinho em sua Smith & Wesson cabo de madrepérola. Agora sorri por mim. Procuro os dois idiotas.

O restaurante está cheio. É hora do almoço. Todos são belos e bem-sucedidos.

Homens de negócio, mulheres de negócio. Todos fazem seus pedidos num tranquilo francês. "Eugênio?" Me viro. "Eugênio?" Vejo dois jovens alinhados. Sorrindo com seus trinta e dois brancos dentes. Eles têm, aproximadamente, um ano de vida para cada dente. "Eugênio?" Eles repetem.

Percebo um volume de *A balada dos nervos* sobre a mesa. Engulo seco. Deixo que Jesus atue por mim. Jesus Kid os saúda tocando a aba do chapéu com o indicador. Eles sorriem.

15

Querido diário, hoje é segunda-feira e agora o relógio da parede marca seis horas e cinquenta e cinco minutos. Chet, o imbecil, acaba de ligar avisando que Max e Fábio estão subindo. Passei todo o fim de semana escrevendo praticamente sem parar. Estou exausto. Meus dedos doem e o ardor em meu cu não passou, nunca passará. Consegui me manter trancado em meu quarto, longe da enfermeira do diabo e do resto das criaturas que se abrigam nesse pedaço do inferno. Devo parar. Batem.

Levanto e me dirijo até a porta andando feito um caubói, com as pernas entreabertas.

— E aí, irmão, como vai essa fortaleza?

Nada digo. Convido-os a entrar com um sinal que faço com a cabeça. Fábio também entra calado. Me cumprimenta, com um gesto que faz com a cabeça. Eles percebem a desordem do quarto. Olham para as roupas novas empilhadas em toda parte. Sentem o mau cheiro do monte de caixinhas de comida chinesa que rodeia o laptop na mesa. Todas ainda lacradas. Arroz chop suey azedo, frango xadrez em processo de decomposição e rolinhos-primavera vivendo seu inverno. Para quebrar o gelo, Max começa a falar:

— Tá gastando, hein, meu irmão?

— As roupas são presentes. Eu verifiquei minha conta e o tal do depósito ainda não entrou.

— Isso não é possível! Vai ver você passou o número da conta errado.

— É uma possibilidade remota.

— Diz aí o número da sua conta que eu vou anotar e eu mesmo deposito, amanhã mesmo.

Apanho meu cartão do banco na carteira e soletro número por número, bem devagar. Max anota.

— E aí? Cadê? Estamos loucos pra ler.

— Ali, no laptop.

— Ué! Você não imprimiu uma cópia pra gente?

— Não tenho impressora aqui.

— Era só salvar no disquete e levar até o xerox que eles imprimem pra você.

— Esse é o ponto. Esse laptop que vocês me deram não tem entrada para disquete.

— Como não?

Então entra Fábio, o rei da informática e brilhante diretor de comerciais e longas-metragens.

— Se não tem entrada para disquete, tem entrada para CD.

— Isso ele tem, só que ele só lê CD, não grava.

— Isso é impossível. Se ele não tem entrada para disquete, ele tem que ter um gravador de CD.

— Mas não tem. Eu estou falando. Li o manual.

— E como vamos tirar o texto daí? Vamos ter que pôr em rede?

— Não, pode-se comprar uma unidade móvel de disco flexível. Dessa forma poderemos gravar num disquete.

— Quer dizer que, se der um pau nessa merda, nós perdemos tudo o que você fez, é isso?

— É isso, Fábio.

— Porra, Max! Você não viu isso quando comprou essa merda?

— Ele deve ter escolhido a máquina pelo preço.

— É, eu peguei a mais barata, qual o problema?

— O problema é que agora vamos ter que comprar essa merda de unidade flexível para poder imprimir essa porra de história.

— Que é isso, Fábio!? Vamos ler na tela. Quantas páginas são, Eugênio?

— Umas setenta.

— Eu não leio na tela.

— Então como vamos resolver essa parada, meu irmão?

— Amanhã cedo você compra uma impressora e uma dessas unidades que o Eugênio falou e traz aqui. Aí vocês imprimem e no fim da tarde eu venho ler.
— Porra, Fábio! Não dificulta!
— E vê se anota direito as especificações da máquina para comprar uma coisa compatível com ela.
— Porra, Fábio!
— A gente se vê amanhã, Eugênio.
— Você não esqueceu da ação, não, né?

Eles vão, eu encho a banheira. Mergulho. Relaxo com a ajuda de vários amarelos e alguns brancos. Fumo na água. Geraldo Antunes me disse que Ionesco faz o teatro do absurdo. Uno o meu absurdo ao seu. Seja o que Deus quiser. Acredito que acertei. Acredito que agradarei aos gargantas. Acho que só ficou faltando um pouco de ação, mas aí a culpa não é minha... É do destino. Adormeço e quase morro afogado, com o susto salto da água e meus pés ensaboados escorregam no chão. Caio de costas, pelado. É o destino querendo me ajudar. Vejo a aranha que ainda espera no teto. Sinto a frieza do chão. Permaneço deitado, imóvel. Para desespero dos gargantas. Nada se move, nem os meus olhos. Acho que nem a Terra roda mais. Nunca mais conseguirei olhar Jesus Kid nos olhos. Depois da noite de ontem. O medo de pegar uma pneumonia me faz levantar. O medo. Sempre o medo. Sempre movido pelo medo. Me enrolo na toalha e só agora me lembro da precaução que deveria tomar. Ligo no bar e proíbo o Gastão de deixar a enfermeira gastar. Não no meu nome. No meu nome, não. Visto uma das roupas novas. Me transformo num dos estranhos hóspedes do hotel. Desço ao saguão e fumo um cigarro enquanto finjo ler um jornal. Vejo Chet, mas finjo não vê-lo, enquanto ele finge não me ver. E então o destino me presenteia de novo. A cadela em pink avança, em carne e osso, pela entrada do hotel. Como estou bem-vestido, cuido apenas de esconder o amarelo dos dentes. Lanço o jornal no sofá e, imitando a frieza de Jesus Kid, caminho em sua direção. O hábito faz o monge. Ela nota a minha presença e sorri. Mantenho um olhar sério para não ter que fazer a gueixa.

— Me desculpe incomodá-la, mas gostaria de dizer que sou um grande fã seu.

— Oprigada.

Ela diz assim mesmo: "Oprigada".

— Gostaria de acrescentar que você é ainda mais encantadora pessoalmente do que na TV.

— Oprigada.

— Se, não querendo ser inconveniente, você me permitir, eu adoraria oferecer-lhe um drinque no aconchegante bar deste maravilhoso hotel, onde vivo afinal.

— Oprigada. Eu aceito. Só que agora eu acabei de chegar. Pode ser mais tarde?

— A hora que você quiser.

— De qualquer forma, oprigada.

— O meu nome é Eugênio, sou escritor e roteirista de longas-metragens.

— Chura?

— Desculpe, não entendi.

— Sério? Você é do cinema?

— Sou e, se for de seu interesse, adoraria vê-la em meu próximo trabalho.

— Nofssa! Eu adoraria.

— Fique por perto, princesa.

— Eugênio, assim que eu me instalar, vou chamá-lo para aquele drinque.

— Estarei à sua espera.

— Então a gente se vê.

Saio. Preciso cuidar da minha reputação. Depois da noite de ontem, preciso provar algo para mim mesmo. Volto ao quarto. Percebo que os trajes estão fazendo com que eu mude de comportamento. Até meu andar é diferente. Pareço mais autoconfiante. Minha alta baixa estima parece adormecida. Me olho no espelho. Faço poses. Até que não estou nada mal. Fumo fazendo cara de escritor importante, depois tento fazer pose de roteirista de cinema. Digo: obrigado, obrigado. Como se estivesse recebendo a estatueta do Oscar.

— Obrigado, obrigado... Quero agradecer à Academia... E não poderia esquecer os gargantas profundas...

Os remédios parecem alterar ainda mais a realidade. Começo a pensar na cadela em pink. Eu a desejei e agora brindarei a seu lado. Basta desejar, diz o ditado. Me sento ao lado do telefone aguardando o chamado. Oprigado, senhor! Agradeço. Queria dividir essa com Jesus, mas Jesus não aparece. E o telefone não toca. Torpor. Adormeço muito bem-vestido. Acordo com o chamado. É Chet. Agora Chet é áspero e rude, diz que Samantha me aguarda no bar. Pergunto quem é Samantha e acabo descobrindo ser o nome de guerra da cadela em pink. Jogo duas balas de hortelã na boca que diz: "Valeu, Chet!". Pego o elevador e dou de cara com os trigêmeos. Entro e descemos os quatro no bar. Para meu desencanto, ouço "Eugênio" dobrado. Identifico as cadelas que o pronunciaram. A em pink e dona Nurse. Eu, os trigêmeos, cadela em pink e enfermeira Nurse. "Aqui." Novo uníssono do duo. Eu, dividido, permaneço parado.

— Por que você falou para o Gastão não deixar eu marcar nada na sua conta?

— Eu... Desculpe, eu não vim para te ver...

— Que história é essa?

— Mantenha o nível, Érika.

— Sei! Agora que você me deve dinheiro, vai querer me deixar de lado. É isso, pilantra?!

Tento sorrir para a cadela, mas ela demonstra sua decepção. Enquanto me viro tentando cuidar da enfermeira, os trigêmeos fazem o mesmo com a ginasta da TV.

— Você acha que eu não estou percebendo que você está me evitando?

— É que eu descobri quem é você.

— Não me diga. Isso é tão típico, tão medíocre...

— Desculpe, eu...

— Pare de se desculpar! Eu odeio isso!

— Senhores, senhores! Ela está me esperando. Podem me dar licença.

Me dirijo aos trigêmeos que trocam gargalhadas com a cadela. Ao me ouvirem, mostram ainda mais os seus dentes. Brancos. Tentando parecer simpático, faço a gueixa.

— Vamos, Samantha, vamos até o restaurante.

— Eu estou bem, obrigada. Eles são ótimos, muito divertidos.

— Eugênio! Pare de se insinuar para essa outra!

— Me desculpe, querida, mas se você não consegue segurar seu marido...

— Não, ela não é minha esposa. Eu mal a conheço.

— Mal me conhece? Você acaba de dizer que sabe quem sou. E você não se meta comigo, minha filha!

— Não se meta você! Você sabe com quem você está falando?

— Que você é uma boa bisca, isso já deu pra notar.

— Escuta aqui, minha filha...

— Cala a boca! Tipinho vulgar, prostituta de luxo!

— Prostituta de luxo, não!

— Prostituta de luxo, sim!

— Repete se você for... Sei lá, repete se quiser levar na cara!

— PROSTITUTA DE LUXO!

A cadela em pink se levanta e caminha em direção da enfermeira Nurse. Procuro contê-la, mas os trigêmeos me imobilizam. A cadela em pink dá um direto de direita no queixo de Nurse enquanto dois dos três me seguram e o outro me acerta no estômago. Nurse cai derrubando sua vodca de doze dólares a dose. Eu perco o fôlego, Gastão salta o balcão e empurra a cadela, um dos três me chuta o saco. "Um, dois, três e..." Profere a cadela enquanto lança uma voadora em Gastão. Enfermeira Nurse se levanta para ser derrubada outra vez. Chuto a canela de um dos que me seguram, fazendo-o soltar, mas então outro toma seu lugar e o da canela doída reveza com o espancador. Gastão procura escapar à gravata da atleta enquanto a enfermeira pega uma garrafa no balcão. Levo um no lado esquerdo, nunca sei se é aí que o fígado fica. Só sei que dói. Nurse golpeia a cabeça de Samantha com a garrafa. Samantha perde os sentidos. Os dois seguranças que tentaram me expulsar do hotel outra noite entram em cena. "Foi ele quem começou!" Grita Gastão, apontando pra mim. Os trigêmeos me soltam, mas os dois me agarram.

— Me soltem! Eu não fiz nada!
— Nós conhecemos o senhor. Seu arruaceiro.

Eles me carregam para o elevador. Procuro me soltar, mas é inútil. Os caras são muito fortes.

— Me soltem! Vamos conversar!
— O senhor vai sair do hotel, já arrumou muita encrenca por aqui.
— Por favor, me escutem! Eu não posso deixar o hotel!

Para meu desespero, o elevador chega ao saguão.

— Chet! Chet me ajude!

Todos olham pra mim.

— Chet! Não deixe que eles rompam o contrato!

Chet olha para mim. Não consigo decifrar seu olhar.

— Chet!

A porta está cada vez mais próxima. Logo agora que consegui enrolar os gargantas.

— Chet!

— Esperem!
Ao ouvir Chet interceder, eles param.
— O que foi dessa vez?
— Ele arrumou uma briga no bar.
Chet coça o queixo.
— Tava batendo em mulher.
Chet balança a cabeça.
— Chet! Me ajude!
Chet coça a nuca.
— Sr. Eugênio, como é mesmo o meu nome?
Fodeu! Geraldo? Isidoro? Ambrósio? Genésio? Caralho! Pensa rápido! Então, vejo Jesus Kid surgindo por trás dos ombros de Chet.
— Arlindo.
Eu repito o que ele diz:
— Arlindo!
Chet faz cara de quem está refletindo.
— Arlindo, eu prometo perder todas as tampinhas até que o fim do contrato nos separe!
— Não tente me comprar com ninharias.
— O que você quer?
— Botem ele no chão, estamos chamando muita atenção.
Eles fazem com que meus pés toquem o solo, mas não afrouxam suas mãos.
— Me diga uma coisa, sr. Eugênio, o senhor conseguiu resolver a sua crise criativa na noite que passou com o Geraldo Antunes?
Os seguranças riem com malícia e soltam uis, enquanto repetem: "Geraldo Antunes".
— Resolvi, resolvi, Che...Cherlindo!
— Quem foi que te ajudou a resolver?
— Foi o Geraldo.
— Não, quem te ajudou fui eu.

— É verdade, é verdade, Arlindo, foi você.

Jesus se afasta, trôpego, abatido, cambaleante. Vá se deitar, meu amigo. Eu penso.

— Me diz uma coisa, sr. Eugênio, o que foi que eu recebi em troca por ajudá-lo?

— Chet! Eu perdi a cabeça!

— Você me agradeceu com um soco na cara.

— Chet, Arlindo!

— Você me retribuiu com um soco na cara.

— Mas, Arlindo.

— Foi ou não foi?

— ... Foi.

— E agora me pede, novamente, ajuda.

— Eu não posso sair do hotel.

— Eu quero a metade.

— Das tampinhas? Eu dou!

— Não, eu quero a metade do valor do contrato que tive que ler para o senhor.

— Você está louco, Chet?

— Afinal, eu tenho sido quase o coautor dessa merda. Eu sempre te salvo e fui eu quem lhe deu a solução, ou não fui?

— Não, Chet, eu não vou te dar a metade.

— Então, pessoal, podem jogá-lo pra fora.

— Isso não é justo, Chet!

— Chet é o caralho!

— Arlindo, não faz isso comigo!

— Eu quero os quinze mil.

— Eu não vou te dar a metade.

— Então os dois perdem. Pense nisso, sr. Eugênio, se te botarem pra fora, nem a metade você receberá.

— Eu não vou fazer isso, Chet. Esse dinheiro é meu e eu o conquistei com muito sofrimento.

— Então seu sofrimento será em vão. Podem jogá-lo pra fora.

— Chet! Não, Chet!

— Chet é o caralho!

Com a confusão, chega o gerente.

— Senhores, o que está acontecendo aqui?

— Sr. Oswaldo, este hóspede está causando tumulto.

— Fique quieto, Arlindo, eu ouvi a forma como você se dirigiu ao nosso hóspede. Queira nos perdoar, senhor.

— Está tudo bem, foi apenas um mal-entendido.

— Soltem ele, senhores.

Os gorilas me soltam.

— Podem ir, eu cuido disso.

— Arlindo, pegue suas coisas e se dirija ao departamento pessoal. Está despedido.

— Mas, sr. Oswaldo, minha mãe é doente.

— Por favor, sr. Oswaldo, não faça isso, o Chet é um ótimo funcionário... Ele só estava fazendo o seu papel.

— Ele lhe faltou com o respeito e essa é uma atitude inadmissível da parte de qualquer um de nossos funcionários.

— Não faça isso, senhor, eu sou o culpado. Eu o desacatei primeiro. Por favor, releve.

— Vou lhe dar uma chance só porque o senhor está pedindo.

— Eu agradeço.

— Que isso não se repita, Arlindo, está me ouvindo?

— Sim, senhor.

— Peça desculpas ao nosso hóspede.

— Me desculpe, sr. Eugênio.

— Tudo bem, Chet.

— Agradeça a generosidade de nosso hóspede, Arlindo.

— O senhor é muito generoso, sr. Eugênio.

— Tudo bem, Chet.

— Tome, senhor, aceite um cupom que dá direito a um drinque em nosso bar.

— Obrigado.
— E queira nos perdoar por qualquer inconveniente.
— Está tudo bem.

Volto, exausto, para o quarto. Nem pink, nem Nurse. O quarto fede a comida chinesa em decomposição avançada. A janela, emperrada. Respiro o ar falso. Sinto o terror de um novo derrame e a falta de ar causada por um enfisema pulmonar. Puxo um extrato e descubro ter avançado no limite. Nada de crédito. Só débito. Gargantas do caralho. Evoco um Jesus abatido. Diz não se sentir bem. Pobre Kid assustado. Foi esquecido por mim. Agora escrevo outras histórias. Agora me visto alinhado. Agora me hospedo no inferno. Sou hóspede e hospedeiro. Hospedeiro de ideias alheias, visitante de terras infecundas. Mesmo sendo tarde da noite, faço a vinheta soar. Surgem as pinups, as garotas peladas, o halterofilista calado. Comemos batatas enquanto as garotas nuas dançam. Adormeço contando mulheres peladas. Durmo vestido. Cruzo as mãos sobre o peito. Caso morra dormindo, estou pronto para ser enterrado. Não quero dar trabalho. Amanhã os gargantas lerão o meu texto. Amanhã serei testado. O sono não se aprofunda. Fico meio dormindo, meio acordado. Um olho aberto, outro... Nurse bate na porta. Nurse me xinga. É tarde. Não posso ser repreendido. Não posso causar tumulto. Levanto e abro. Nurse está bêbada e tem um olho roxo. Roxo da pink.

— Você está com o olho roxo.
— Você também.
— Deixe-me ver o seu olho. Isso é perigoso.
— É perigoso?
— É.
— Por quê? Posso ficar cego?
— Dependendo, pode.
— Meu Deus! Me ajude, Érika, não quero ficar cego!
— Deixa eu dar uma olhada.

— E do seu olho, quem vai cuidar?

— Eu mesma.

— Posso fazer algo por você?

— Não estou te pedindo nada em troca.

Nurse me deita e observa o meu olho. Ela é tão bonita. Seu perfume é tão reconfortante. Por que ela tem que dar pra todo mundo? Por que ela não dá só pra mim?

— Érika, você já leu muitos livros?

— Muitos. Tempo é o que não me falta.

— Você faria uma coisa por mim?

— O quê?

— Você leria o livro que estou escrevendo?

— Claro. Onde está?

— No laptop.

— Será um prazer ler. Nunca li nada do que você escreve.

— Está nos Meus Documentos. O nome do arquivo é "querido diário".

Érika faz a vinheta tocar. Eu permaneço deitado. Fecho os olhos. Imagino a musa com a lira.

— Você quer que eu fique aqui esta noite?

— Quero.

— Então vou buscar o Lourenço.

— Pode trazer.

Ela vai. O computador adormece. Em sua tela aparecem estrelas. Como se navegássemos no espaço. Nurse acomoda o sr. Lourenço na cadeira de rodas e volta para o meu quarto. Acomoda a cadeira num canto e reclama do cheiro da comida estragada. Junta as sacolinhas e chama o serviço de quarto. Pede também uma vodca e pergunta se eu quero algo. Faço que não com a cabeça. O macaco recolhe o lixo e Nurse refresca a garganta com a bebida importada. Toca no teclado despertando um mundo virtual. Diz que vai ler em voz alta para que o Lourenço aprecie também.

"Não consigo respirar. Abro a boca buscando ar. Transpiro. Tremo. O lugar me oprime, estou parado na porta do restaurante. 'Licença.' Um homem atrás de mim diz. Dou passagem, ele entra. Meu coração bate desorientado. Acho que vou ter um infarto, ou um derrame. Tomo um comprimido amarelo. Procuro me concentrar. Penso nos trinta mil. Peso minhas dívidas. Preciso entrar.

"Penso em Jesus. Evoco Jesus Kid. Jesus ajeita o chapéu de forma a esconder os olhos. Jesus Kid entra. Jesus Kid é frio. Caminha pelo suntuoso restaurante. Nada o intimida. Jesus Kid não tem medo de nada."

Enfermeira Nurse ri. Eu adormeço, vestido, com sua risada. Amanhece, mas eu não percebo. Nurse repete as palavras que escrevi até que elas se acabem. Então Nurse beija meu rosto. E eu não acordo assustado.

— Está ótimo!
— Você gostou?
— É muito bom! Muito engraçado.
— Sério? Você acha que eles vão gostar?
— Claro! Claro!
— Isso seria tão bom... Se ao menos eles gostassem.
— Eu corrigi uns errinhos de português.
— Claro.
— Você escreve tão bem.
— Você acha?
— É incrível. O único problema são os erros... Cada erro primário...
— É engraçado isso.
— O quê?
— Você diz que escrevo bem mesmo escrevendo errado.

— Isso é mesmo curioso. Você é muito espirituoso com as palavras.
— Que horas são?
— Seis horas.
— Já amanheceu! Você não dormiu?
— Não. Fiquei lendo.
— Obrigado.
— Eu adorei.
— Deite, descanse um pouco.
— Não, vou embora. O sr. Lourenço deve estar exausto.
— Ele também não dormiu?
— Não, se envolveu com a história.
Faço um joia para ele.
— Essa tal de enfermeira Nurse sou eu, não sou?
— Mais ou menos.
— Você não poupa ninguém, nos expõe ao ridículo.
— Nós somos isso... Somos ridículos. Não há exceção.
— É verdade. Somos patéticos.
— É isso que somos.
— Esse tal de Chet é o Chico?
— Não, é o Arlindo.
— Desgraçado. Ele te disse essas coisas a meu respeito.
— Acho que agora isso não importa...
— Eu gosto de transar com todo mundo... Me excita, me faz sentir viva. Você me entende?
— Eu acho que, se eu conseguisse seduzir todas as mulheres que eu desejo, eu também comeria todo mundo.
— É tão bom.
— Essa história está me deixando excitado.
— Quer que eu te conte?
— O quê?
— Os detalhes.
— Quero.

— Eu gosto de dar para o Gomes, o cozinheiro, porque ele tem um pinto enorme.
— Maior do que o meu?
— Não, mais grosso. E mais cabeçudo.
— E você gosta disso? Você gosta de pinto grande?
— Adoro. Adoro me sentir sendo rasgada.
— Oh! Deixa eu te rasgar um pouquinho, deixa?

Enfermeira Nurse dá um sorriso maroto e senta no meu colo. Me beija enquanto a tela escurece num fade.

16

Acordo pelado. Toca o telefone. O estúpido Chet anuncia a chegada de Fábio.

Já passa do meio-dia. Perdi o café da manhã. Visto uma roupa. A mesma de ontem. Vou ao banheiro e lavo a cara. Jogo desodorante e escovo os dentes bem rápido. Fábio bate e eu abro. Está sozinho.

— Ué, cadê o Max?

— O Max não pôde vir. Está aqui, vê se serve esse bagulho de disquete.

— Vamos ver, mas parece o mesmo que ilustra o catálogo. É USB a entrada?

— O cara da loja disse que é.

Acoplo o drive. Encaixa feito uma luva. Salvo meu querido diário. Ouço o disquete emitir um inaudito chiado.

— Tá feito.

— Legal, vou levar para imprimir. Depois que a gente ler, nós entramos em contato.

— Fábio, eu tirei o saldo hoje e ainda não consta o depósito.

— Isso você tem que ver com o Max.

— É que minha conta está no vermelho e eu estou precisando... você sabe.

— Olha, Eugênio, essa parte de grana você deve tratar com o Max. Eu não tenho nada a ver com isso, já falei.

— Mas você quer a história, não quer?

— Dependendo do que você fez.

— Então. Então você tem algo a ver com isso. Eu estou precisando pelo menos de mil e seiscentos reais.

— Você está me pedindo dinheiro emprestado?

— Não. Eu estou pedindo um adiantamento, já que o dinheiro ainda não entrou.

— Olha, Eugênio, eu vou te dizer uma coisa, eu odeio cobranças. Nunca me cobre nada. Além disso, eu já disse que esse assunto você deve tratar com o Max.

— Então fica difícil, porque você odeia cobranças e eu odeio promessas.
— Eu não te prometi nada. Prometi?
— Bom, foram vocês que me procuraram...
— Fale com Max. Eu preciso ir.
— É que, se não entrar esse dinheiro, eu vou ter cheques devolvidos e...
— Isso não é problema meu. Você está misturando as coisas.

Ele não entende o meu desespero. Antes de sair, me desmonta com o olhar. Me sinto um miserável mendigo. Mesmo trajado em vestes de gala. Chega o almoço que alimenta o meu lixo. Não como nada. A cadela em pink se exercita e profetiza: "É um, é dois, é três e quatro". Deve ser videoteipe, pois não está com a cabeça rachada. Inação. Espera. Só o ponteiro de segundos tiquetaqueia. Taquicardia. Sudorese. Julgamento. Aguardo o julgamento. Será que os gargantas irão engolir? Close nas ancas da cadela. Eu quase comi essa aí. No fim, Nurse me surpreendeu. Ela dá pra todo mundo, e daí? Generosa enfermeira. Caridosa é sua cruz vermelha. E se os gargantas não gostarem? Por que não leio o maldito contrato? Preciso de ação. Evoco Jesus. Ele vem pálido, frágil, mudado. Não o reconheço. Arrumo o chapéu e disponho as cartas. Ele apenas deita na cama. Entrego-lhe o baralho, mas ele não consegue sustentá-lo. As cartas, em câmera lenta, escorrem de suas mãos para o chão. Jesus Kid diz estar exausto. Lhe prometo as pinups. Ele finge sorrir, feito um moribundo. Apago sua triste figura. Tenho fome. Só me resta aguardar o julgamento. Aguardo. Tiro um novo saldo. Bato o gancho do aparelho. Cada vez menos. Cada vez avanço mais no limite. Talvez devesse tentar um vale na minha editora. Não adiantaria, eles estão mal das pernas. Jesus Kid a cada dia vende menos. Reduziram a tiragem. Este absurdo é tudo o que tenho.

Só me restam os gargantas. Não posso desapontá-los. Não posso perder essa chance. É a única que tenho. Encho a banheira. Bato uma esperançosa punheta, como quem ora. Não consigo gozar. Isso pode ser um sinal. Talvez câncer nos testículos. Talvez impotência. Saio pelado. Ando até o quarto e apanho um cigarro. Volto para a banheira com um cigarro meio aceso, meio molhado. Sinto a fome de Bandini. Meu cu já não lateja tanto. Banho de assento. O tempo não passa nem para. Tudo parecia tão fácil.

17

Querido diário, dez dias se passaram. Dez dias desde que os gargantas pegaram o texto. Dez letárgicos dias. Completei um mês de hotel. Tenho passado tanto tempo na banheira que acho que encolhi alguns centímetros. Meus pés e minhas mãos estão sempre enrugados. Perdi um pouco do tato. Extremidades dormentes. Dez dias e nada. Dez dias de nada. Eles não ligaram. Devem ter odiado. E, para variar, eu esqueci de pegar o número de seus telefones. Nada entrou em minha conta. Continuo no inferno hospedado. Medo. Me alimento de medo e comida chinesa. Arroz chop suey, frango xadrez e rolinho-primavera. Engulo a seco. Sobremesa: biscoitinhos da sorte. O china continua na escuridão de seu porão. E eu na minha.

Penso na pequena editora. Meu ganha-pão. Desde que recebi o primeiro telefonema dos gargantas e comecei a negociação, nunca mais fiz contato. Acho que já faz uns cinquenta dias. É claro que eu expliquei a situação para eles. Eles acharam até bom. Disseram que eu precisava me renovar. Disseram que eu estava me repetindo. Disseram que um tempo poderia ser bom para eu dar uma oxigenada em Jesus Kid. Esfregaram a baixa vendagem em minha cara. Disseram que eu deveria repensar o personagem. Demonstraram a instabilidade em que me encontrava. Disseram que eu ando prolixo. Que falta conteúdo em minhas verborrágicas frases. Ameaças. Disseram que eu estava me acomodando. Disseram que dois meses é muito tempo para escrever uma fórmula. Disseram que o Leite faz seus westerns mais rápido, de forma mais criativa e com vendagem muito maior. Pedro Leite é o queridinho da editora. Pedro Leite faz plágios, mas eles não se importam. O importante é a vendagem. Pedro Leite repete frases e ignora as aspas. Talvez eu esteja há mais tempo em crise do que imaginava. Dor criativa. Pedro Leite recebe o triplo do que ganho por palavra. É assim nosso soldo, ganhamos por palavras. O pagamento é proporcional às palavras. Proporção. Lembro quando conheci essa palavra. Lembro cada vez que aprendi uma palavra. Lembro das associações que fiz para assimilá-las. Jogos mnemônicos. Talvez por isso, mesmo escrevendo errado, as domine. Eu as conheço. Tenho passado muito tempo comigo e isso me faz descobrir certas coisas. Coisas que não me agradam. Acabo tocando no fundo e levantando poeira. Quando eu era criança, eu tinha um cachorro. Rex. Quando eu era criança, todo cachorro chamava Rex e todas as cadelas, Laika. O Rex cagava vermes com frequência. Sei que *rex* é "rei", em latim. E Laika ou Laica creio que venha do grego *laikós*, que deve corresponder ao nosso "laico", que quer dizer "que vive no, ou é próprio do mundo, do século; secular...". Laica *like* a cadelinha russa que vagou no espaço. O primeiro ser vivo a circular em voo orbital. Antes do homem eles soltaram os cachorros. Mas, voltando ao Rex e seu cocô verminoso, um dia encontrei meu pai agachado, contemplando sua merda. Meu pai estava sempre bêbado. Eu me aproximei. "Você sabe o que é proporção, meu filho?" Perguntou meu pai. Eu não sabia. Proporção? Ele apontou para a merda de Rex e disse: "Está vendo esses bichinhos no cocô?". Fiz que sim com a cabeça. "Então, isso é proporção." Continuou meu sábio e bêbado genitor: "É proporcional a quantidade de vida que há nessa merda à quantidade de merda que há em minha vida". Sábio mentor. Cabe aos pais ensinar seus filhos.

O Chet deve ter os números. Pena que Chet agora só me maltrata. Ele deve saber o telefone do Fábio ou, no mínimo, o do Máximo. Se Chet soubesse que sou Paul Gentleman, talvez fosse mais gentil comigo. Talvez me restasse uma chance. Ando pelos corredores do hotel. Com o tempo me sinto em casa. Serei um estranho no mundo lá fora. Penso, com certa saudade, nos comedores de batatas. Acho que peguei pesado no texto. Acho que eles entenderam o recado. Eu merecia saber se gostaram ou não. Por que se calaram? O silêncio dos gargantas me inquieta. Uma ideia leva a outra e isso não me leva a nada. Faço soar a vinheta e me junto aos estranhos personagens. Danço com uma moça pelada. Me deito no colo de Nurse e ela me alimenta com um cacho de uvas e batatas. Tiro braço de ferro com o halterofilista e batuco com os favelados. Fumo cigarros com as pinups e luto contra o silêncio, calado. Close nos dedos teclando os teclados. Será que o chinês recebe por frase ou por palavra? Palavras. O pensamento é imagem. A palavra é o pensamento cifrado. Imagino folhas de um calendário voando. Como fazem certos filmes para demonstrar a passagem do tempo. Em cada folha do calendário do tempo vejo retratada uma pinup. Acho que agora compreendi sua essência. Assimilei a palavra. Pinups são as garotas dos calendários. Dona Janeiro e Misse Fevereiro. Tive um amigo, também escritor, que se chamava Natalino porque nasceu no Natal. Como seria seu nome se nascesse uma semana depois? Reveiollino? Dessa mesma forma temos Januário e Setembrino. Talvez também Júlio e Marçal. Palavras. Escrevo. Sigo um fluxo que verte. Como um gato, como Alazan, desfio um novelo buscando o início. Quando chego ao início, um novo livro se acaba. Puxo o fio da meada.

Para justificar a ação, imagino tudo em câmera rápida, como num filme que vi. *Laranja mecânica*. Tudo passa acelerado. Eu tomo café, banho, e almoço. Passo a tarde teclando e brindo a chegada da noite com Nurse e vodca importada. Jantamos comida em caixinha e trepamos na frente do sr. estátua. Tudo em câmera rápida. Câmera rápida e folhas voadoras de calendário de pinups. Betabloqueadores e tudo mais o que me oferta a latinha de Valda. Sigo os dias parado. Deveria ter riscado os dias na parede de minha cela. Como fazem os presidiários. Semanas de sete palitos. Seis risquinhos verticais e o sétimo um traço longo cruzado. O tempo é uma coisa elástica. Isso me lembra a Nurse, seu cu já não é mais tão apertado. O tempo é elástico e nos lasseia.

Mais dez dias se passam.

— Chet?

— Aqui não tem ninguém com esse nome.

— Arlindo?

— Pois não?

— O Max não me procurou recentemente, ou o Fábio?

— Não. Eles estiveram aqui uns quinze dias atrás.

— Os dois?

— É.

— E não me procuraram?

— Procuraram, mas não encontramos o senhor pelo hotel.

— Como assim? Como, não me encontraram?

— Procuramos o senhor, mas o senhor não estava em parte alguma.

— Como, não estava? Que horas foi isso?

— Foi num fim de tarde, há uns quinze dias.

— Eu devia estar no bar.

— Eu chamei lá, mas o senhor não estava.

— Eu não saí do hotel.

— Eu sei.

— Como você sabe?

— Eles fizeram com que eu verificasse as gravações da câmera da entrada do hotel.

— Eles acharam que eu havia saído?

— Acharam.

— Mas você disse que eu não estava nas fitas?

— Eu disse que, se o senhor saiu, devia estar disfarçado.

— Não faz isso comigo, Chet! Você sabe o que diz o contrato!

— Eu sei. É o senhor quem não deveria esquecer o que reza o contrato.

— Eu nunca me esqueço, Chet!

— Assim é melhor.

— Chet, você tem o telefone do Fábio ou do Max?

— Tenho, mas não estou autorizado a dar.
— Que é isso, Chet? É para mim!
— Me desculpe, sr. Eugênio. Não posso fazer nada.
— Chet, eu vou te contar uma coisa que talvez faça com que você reconsidere sua opinião a meu respeito.
— Acho isso um pouco difícil, senhor.
— Sabe Paul Gentleman?
— Claro, esse, sim, é um escritor de verdade.
— Sou eu.
— Claro, e eu sou Hemingway.
— É sério, Chet, eu escrevi todas as histórias de Jesus Kid. Eu o criei!
— E eu fiz *O velho e o mar*. Sou mais criativo ainda. Inventei o velho e inventei o mar.
— Paul Gentleman é o meu pseudônimo.
— E Hemingway é o meu.
— Chet, pode me perguntar qualquer coisa sobre Jesus Kid que eu te responderei.
— Eu estou ocupado, senhor.
— Pergunte, Chet! Qualquer coisa!
— Sabe, sr. Eugênio, meu cunhado é evangélico e sabe tudo da Bíblia, mas não acredito que tenha sido ele quem a escreveu.

Chet do caralho! Merda! Por onde ando que não me veem? Porra! Veado! Empurro pra dentro arroz chop suey, frango xadrez e rolinho-primavera. Como de raiva. Bebo com Nurse. Os trigêmeos riem de mim. Empurro o Lourenço para ele dar uma volta. Meto a colher de sopa em sua boca. Dou sopa ao azar. Anseio. Impaciente, aguardo.

18

Acordo assustado. Alguém geme no quarto. Sei que não é Nurse e tampouco o estátua. Hoje estou só. Acendo o abajur. A luz pálida ilumina um igualmente pálido Jesus.

— Jesus, o que houve?

— O quê... Por quê...

Jesus Kid mal consegue falar. Está profundamente abatido. Faz sinal para que eu olhe em suas costas. Se vira lentamente. Para meu espanto, vejo a flecha enterrada. Próxima à coluna, na altura do coração. Reconheço ser uma flecha sioux. O sangue esguicha. Jesus foi alvejado por trás. Isso é impossível. Implausível. Isso só poderia acontecer se eu o tivesse escrito. Mas eu não faria uma coisa dessas. Por que mataria o meu ganha-pão? Me levanto, mas é tarde. Jesus Kid bate os joelhos no chão. Seu corpo dá uma meia-volta. Suas costas batem com força. Ouço o som da flecha sendo ainda mais enterrada. Jesus solta uma arfada de ar. A ponta da flecha atravessa o seu dorso e desponta. Sobre as vestes brancas o sangue destaca-se mais. Jesus Kid gargareja sangue e espuma. Vira os olhos e solta um: por quê?

— Jesus, fale comigo!

— Por quê?... Por que me fizeste isso?

Abraço sua cabeça. Jesus tem espasmos. Entra em convulsão. Verto lágrimas de dor e desespero. Jesus Kid agoniza.

— Acabe... com... isso...

Saco a Smith & Wesson da cartucheira. Mal consigo firmá-la em minhas mãos de tanto que tremem. Cubro seu rosto com o branco chapéu para evitar seu olhar. Procuro crer que ele vai apenas dormir.

— ... Vamos... Faça...

Levanto e tomo distância. Direciono a arma e fecho os olhos. Busco forças. Rompo o elo, o laço. Sacrifico meu filho. Disparo. Disparo três vezes seguidas como o próprio Jesus Kid fez em *O pistoleiro sempre atira três vezes*. Quando abro os olhos embaçados de lágrimas, já não há mais nada.

Tudo roda. Vertigem. Apanho betabloqueadores e os mastigo. Engulo o amargo. Engulo o desgosto. Pânico. Sudorese. Desmaio.

"Eugênio…" Ouço enquanto procuro recuperar os sentidos. Ouço um som como se um helicóptero sobrevoasse minha cabeça… Um pequeno e maldito helicóptero. "Eugênio…" Mãe? É a voz de minha mãe? "Eugênio, vai lavar as mãos…" Acordo assustado. Me encontro deitado no chão. Dói minha cabeça. Ando de quatro até o banheiro e bebo água na torneira. Deito no chão, desta vez do banheiro. Rastejo feito um verme doente. Sinto febre. Calafrios. Correm por meu corpo ondas de frio e calor, alternadas. Suo. Frio e quente. O estômago dói. Nurse. Preciso da enfermeira Nurse. Apesar de não ser diabético, sinto que estou entrando num coma diabético. E Jesus Kid? Jesus Kid se foi. Alvejado por um desumano sioux. Mas como? Por quê? Como isso pôde fugir ao meu controle? Devo estar muito doente. Tropeço pelos corredores. Não sei se é dia ou noite. Nunca mais abri as pesadas cortinas que encerram meu quarto. Há quantos dias estou aqui? Fui abandonado. Traído. Síncope. Desabo no corredor. Quase rolo pelas escadas. Me perdoem, gargantas, por ter perdido esta cena de ação. Uma mulher pergunta se estou bem. Digo que não. Ela me ajuda a levantar. Então percebo que ela está vestida de vampiresa. Ela diz: "Não se assuste, é noite de Halloween. Vai haver um baile no salão do hotel". Halloween! É minha chance! Minha chance de deixar tudo pra trás. É minha chance de voltar para as minhas velhas dívidas sem ter que pagar as atuais. Faz uns vinte dias que voltei a deixar que o Gastão deixe a Nurse gastar. Não me pergunte por quê. Não saberia responder. Halloween. Uma máscara. Uma máscara de fantasma. Dia 31 de outubro. Sair disfarçado, foi a dica que sem querer Chet me deu.

— Você teria uma máscara para me emprestar?

— Posso ver com o Cláudio, ele tem duas e está em dúvida de qual usar.

— Eu moro aqui no hotel, estamos no mesmo andar. Meu quarto é o 1101. Te devolvo amanhã.

— Poxa! Você quer mesmo ir ao baile. Sente-se melhor?

— Melhorei. Eu sofro de pressão baixa, mas já estou melhor agora.

— Vou falar com ele.

— Você traria para mim no meu quarto?

— Tudo bem. Qual é mesmo o seu quarto?

— É o 1101.

— Tá legal.

— Você está linda de vampiresa.

— É vampira.

— Que seja.

Visto a máscara e ela nunca mais vai me ver. Aguardo sua chegada para que eu possa partir. Ela chega e traz a máscara do Frankenstein. Agradeço. Visto e me transformo no próprio. Pego o elevador. Ao chegar ao saguão, avisto meus outros parentes, múmias, lobisomens, corcundas, demônios, gárgulas, bruxas e zumbis. Avanço pelo saguão. Me aproximo da bancada de Chet. Ando com os braços esticados, feito um sonâmbulo. Chet me olha, mas não me reconhece. Estou muito perto, a poucos passos da entrada, no meu caso saída, do hotel. Mas então noto o livro que Chet carrega em suas mãos.

Jesus Kid em A última balada do pistoleiro. Esse livro eu nunca escrevi. Mesmo assim quem assina é Paul Gentleman. Mudo de rumo.

— Chet, deixe-me ver esse livro.

— Dr. Eugênio! Então é assim que você deixa o hotel.

Tiro a máscara. Meu rosto empapado de suor.

— Onde você conseguiu esse livro?

— É o último, saiu hoje. Comprei aí fora, na banca.

Apanho umas notas na carteira, coisa de vinte reais.

— Tome, Chet, venda esse pra mim. Depois você compra outro.

— Mas eu estou lendo agora, e lhe garanto: este é o melhor.

— Como, o melhor?

— Sei lá, de todos que eu li, e eu li todos, nenhum tem tanta pegada como este. Você está melhorando. Não é você quem os escreve?

— Esse não, meu caro Hemingway.

Arranco-lhe o livro das mãos e largo as notas no balcão. Escuto, mas não ouço Chet gritar: "Volte aqui!".

Como ousaram fazer uma coisa dessas comigo? Sob o meu pseudônimo? Agora entendo a fraqueza e as mudanças que Jesus Kid vinha sofrendo. Agora entendo a flecha sioux. Miseráveis! Editores ladrões! Roubaram o meu personagem e ainda o mataram! Olho o relógio da parede e percebo passar da meia-noite. Então, quando Jesus apareceu, ainda era noite.

Quando acordar amanhã, supondo que eu durma, ligarei para a editora e direi tudo o que está atravessado. Agora vou ler esta merda! Muito provavelmente escrita pelo corno do Leite. Mas não vou chorar o derramado.

A imagem sou eu na cama segurando o livro de bolso. Leio e me contorço em caretas. Sofro de uma dor em minha alma. Reconheço o Leite vertido por trás de cada palavra. Recebendo o triplo nas minhas costas e nas de meu finado personagem. Por quê? Por que fizeram isso comigo? Pelas costas, um golpe tão baixo. Transtornado, até esqueço minha fuga. O rosto de Frankenstein repousa a meu lado. Esses filhos da puta me pagam!

19

— Chama o Roberto pra mim!
— Quem está falando?
— É o Eugênio.
— Eugênio de onde?
— Daí dessa editora de merda!
— O sr. Roberto está numa ligação, aguarda?
— Aguardo.

Entra uma versão tipo música de fliperama da trilha de *Golpe de mestre*. Pãnanana nana nanaã panananana nanaã nananãa. Filhos da puta! Musiquinha do caralho! A música termina e recomeça. Tortura do caralho!

— O ramal continua ocupado. Aguarda?
— Aguardo.

Volta a música. Depois volta a telefonista com voz de taquara rachada.

— Continua ocupado. Aguarda?
— Eu não vou desligar enquanto não falar com ele.

Pãnanana nana nanaã panananana nanaã nanãa.

— Continua ocupado.

Pãnanana nana nanaã panananana nanaã nanãa.

— O senhor não quer que ele retorne mais tarde?
— Não!

Pãnanana nana nanaã panananana nanaã nanãa.

— Eugênioooo, como vai?
— Com que direito você matou Jesus Kid?
— Opa! Tá bravo?
— Você nem imagina quanto.
— Então tá legal! Vamos lá… Em primeiro lugar o personagem pertence à editora, certo?
— Não! O personagem é meu! Eu o criei!
— E nós o registramos. Então, de quem é o personagem?
— É, e sempre será, meu!
— Vamos ver de outro ângulo. Quem é Paul Gentleman?

— Sou eu!
— O nome é e foi criado e patenteado em nome da editora.
— Foda-se!
— Outro detalhe, quem matou Jesus Kid?
— Vocês! E eu sei que foi pelas mãos do Leite!
— Errado. Você matou Jesus Kid.
— Eu, o caralho! Seu filho da puta!
— Você o matou de inanição criativa. Você o deixou definhando.
— Vai se foder!
— Se você tivesse nos escutado, se tivesse se dedicado mais, talvez as vendas de Jesus Kid não teriam despencado.
— Você fala demais, seu filho da puta! Parece até que é você quem ganha por palavras.
— Não fique nervoso, Eugênio. Isso não te leva a nada.
— Vocês não tinham esse direito! Vocês não sabem o que Jesus Kid representava pra mim!
— Eugênio, ele não morreu de verdade. Isso é só um golpe de marketing.
— Golpe de marketing é o caralho! Vocês o mataram! Assassinos!
— É marketing. Você não viu o que fizeram com o Super-Homem?
— Do que você está falando? Super-Homem, o caralho!
— Eles mataram o Super-Homem porque estava mal de vendas e depois o ressuscitaram. Você pode fazer o mesmo. Se esse número vender bem, você o ressuscita.
— Eu ressuscito o caralho!
— Você está muito nervoso, não pode levar as coisas tão a sério.
— Não posso o caralho!
— Se acalma, Eugênio.
— Como eu vou ressuscitar Jesus Kid? Você fala do Super-Homem, mas Super-Homem é história em quadrinhos, não é literatura.

— Não me diga que você acha que Jesus Kid seja literatura. Hahaha!

— Jesus Kid é literatura. Você precisava ouvir o que esse pessoal do cinema fala a meu respeito.

— Ah, é? E o que é que eles falam?

— Que eu sou um gênio!

— Eugênio, não se iluda com esse tipo de gente...

Pausa.

— Me desculpe, seu Roberto.

— Tá tudo bem, Eugênio.

Choramingo.

— O senhor não podia fazer uma coisa dessas comigo... Jesus Kid é tudo o que eu tenho na vida... É como um filho... É meu único amigo...

— Tudo bem, Eugênio, você vai ressuscitá-lo. Você vai ver, esse número vai vender pra caramba.

— Você acha?

— É claro.

— E como eu vou ressuscitá-lo?

— Bota um cacique, ou um pajé capaz de falar com os animais e com os mortos e ele o traz de volta.

— Será que cola?

— Se faltar ideia, eu peço para o Leite te dar uma força. O Leite é foda!

— Será que ele me ajuda a reviver Jesus Kid?

— Ajuda! Ele te adora.

Desligo o telefone e noto a presença de um feiticeiro apache. Ele é enorme. Seu rosto demonstra toda a sabedoria do mundo. Deste e do além-túmulo. Seu corpo é coberto por pele de animais, em sua cabeça um enorme cocar. Vejo em seu pescoço, amarradas por um sisal, cinco cabecinhas encolhidas.

— Tino ponun num panal.

Ele fala a língua dos índios dos filmes americanos. Entra legenda:

— Fique tranquilo, meu amigo.

— Dyu tino cone conum cana?

Falo o seu dialeto. Entra legenda:

— Você pode trazê-lo de volta?

— Cone cuni cuni canamá. Tudi tuy foy fuá. Gogonely cauã.

Entra legenda:

— Traga-me uma galinha preta. Sete velas vermelhas e um prato de farofa.

Então pergunto:

— Dyu udy udy gayã kyuá?

Legenda:

— Você faria isso por mim?

Ele me conforta:

— Titutó couê cauá. Dyedus Dydy uinto auá.

Legenda:

— Assim será. Jesus Kid merece viver.

Tomo um arco-íris de comprimidos e relaxo. O feiticeiro some numa nuvem de fumaça. Uma pomba branca voa pelo quarto.

20

Acordo com uma algazarra que se aproxima da porta de meu quarto. Ouço vozes. Altas. Risadas. Batem na porta. A alegria vindo me visitar. Nurse parece assustada. O estátua abre os olhinhos inchados. "Eugênio!" Me chama a alegria. "Abre essa porta, Eugênio!" Abro. Nurse cobre os peitões. O estátua pisca seguidas vezes para certificar-se de que está acordado. Eles entram e me abraçam. Os gargantas. Um nó de gargantas. Fábio, Max e um outro bonitão sorridente. Cheio de dentes. Junto deles, três fotógrafos e um careca com um gravadorzinho na mão. Faço a gueixa. Eles me abraçam e dão tapas em minhas costas. Eu faço a gueixa. "É do caralho!" Eles falam. "É de foder!" E mais tapas. Me entregam charutos. "Para comemorar a criança!" Eles falam. Para meu assombro, Max abre a munheca. Me entrega um cheque gigante. Os três me abraçam e posam pra foto. Leio, de ponta-cabeça, "cem mil reais" escrito no checão. Faço a gueixa para sair no retrato. Procuro equilibrar o cheque. Tiram fotos também da Nurse e do estátua. Me belisco, mas não acordo. Cem paus. Puta que pariu!

— Então vocês gostaram?

— Se gostamos? Nós a-ma-mos!

— É do caralho! Você não recebeu o bilhete?

— Que bilhete?

— Deixamos na recepção assim que terminamos de ler.

— Não recebi nada.

— Como não?

— Vocês devem ter entregado ao Chet.

—Vamos cuidar disso, o cara vai ser demitido por justa causa.

— Deixe a gente te apresentar. Eugênio, esse aqui é o Juliano.

O "risadinha" arregaça um sorriso, como quem diz: veja meus dentes brancos e hálito puro! O risadinha faz pose como quem diz: veja como eu sou bonito! Distraia-se com a minha beleza porque isso é tudo o que tenho para oferecer!

— Eugênio, o Juliano é o nosso produtor internacional!

Risadinha, boca arreganhada, ergue a sobrancelha. Faz ares de importante. Um novo flash me cega.

— Eugênio, nós vamos pra Gringolândia!

— Assim que terminamos a leitura, nós mandamos traduzir e embarcamos para Los Angeles. Os gringos a-ma-ram!

— Você precisa providenciar o seu visto. O filme vai ser rodado lá. Atores americanos! Cachê em dólar! Você arrebentou a boca do balão!

— Bota uma roupa bonita e jantamos essa noite para celebrar.

Fábio olha a Nurse e sussurra pra mim:

— Quem é a gostosona?

— É uma amiga.

— Aí, comedor!

— Hoje à noite jantamos aí no restaurante do hotel, depois damos uma coletiva para a imprensa.

— E essa história de Los Angeles? E esse cheque?

— Isso, meu amigo, é só o começo.

— E prepara uma mala grande porque vamos passar uma longa temporada lá fora.

— Mas eu tenho medo de avião.

— Isso é bobagem.

— Não dá para eu ir de navio?

Juliano solta a franga como se tivesse recebido uma entidade. Então diz:

— Puta! Podemos fazer uma jogada do caralho!

— Que jogada, Juliano?

— Max, pense um pouco... E se nós o mandarmos para Los Angeles de moto?

— De moto?

— É, feito o filme do Waltinho. Botamos uma gostosa para pilotar e o Eugênio vai na garupa. *Diários*, que tal?

— Puta jogada de marketing! Porra, Juliano, você é foda!

— Eu vou de moto?

— Pensa só, Eugênio, engatado numa puta modelo... Que tal?

— Puta, isso vai repercutir pra caralho!

— Pode crer, Juliano, você é foda!

Eles continuam sorrindo e me batendo nas costas. Nurse se enrola no lençol e se esconde no banheiro. Eu ponho o cheque sobre a cama. O cheque tem quase o mesmo tamanho que ela.

— Pessoal, mas eu nem terminei a história.

— Olha, Eugênio, com o que você entregou até agora, o que falta nem importa. Basta você seguir o caminho que já está trilhado.

— É, você pode terminar com o jantar ou com a gente embarcando pra Los Angeles.

— Puta! Você podia fazer o final no aeroporto, tipo *Casablanca*.

— Porra, Juliano, os gringos iam amar!

— Sabe o que seria do caralho, Eugênio?

— Não, o quê, Fábio?

— Se você pusesse um pouco mais de ação no final. Pode ser nessa cena do restaurante, algo assim... tipo Tarantino.

— Você viu *Cães de aluguel*?

— Não vi.

— Porra, Eugênio, quando você sair do hotel, veja se começa a ir ao cinema.

— Eu vou. Prometo que vou.

— Pelo menos este filme você vai ter que assistir, é ou não é, moçada?

— Porra, pode crer, meu irmão!

— Ô Eugênio, eu passei em Nova York e sabe quem eu encontrei lá?

— Não, quem?
— O Geraldo Antunes.
— Ih! É?
— Eu não sabia que vocês se conheciam, ele disse que te conhece bem pra caralho.
— É verdade.

21

O restaurante está decorado com balões vermelhos e pretos. Repleto de gente bonita. Todos sorrindo. Faço a gueixa quando a câmera me enquadra. Fábio repete o número do cheque. Eu o recebo. Eu e Max de pé. Depois todos se levantam e aplaudem. Inclusive o estátua. Todos têm lágrimas de felicidade nos olhos. A câmera passeia revelando cada um dos personagens. Todos sorrindo. Fábio, Juliano e as beliscadoras de rabo. O halterofilista sorri com a boca cheia de batatas. Depois vemos as pinups e as mulheres peladas. Os favelados brindam com Nurse, tocando suas transbordantes taças de champanhe importado. Chet coloca seu livro de bolso sob o sovaco e também ri e aplaude. Vemos os trigêmeos, os Trekkers e os monstros do Halloween. De repente o clima festivo é quebrado por um estardalhaço. Vemos entrando em cena, vindos da cozinha, cinco cozinheiros vestidos a caráter, com suas roupas brancas e chapéu de mestre-cuca. Um deles tropeça e cai. Atrás deles surge um pequeno chinês, todo sujo de barro. É o escritor dos biscoitos. Cavou um túnel em seu porão e o túnel foi dar na cozinha do hotel. Atrás do chinês surgem mais cinco chineses. Vestidos de terno preto, óculos escuros, e empunhando pistolas. Eles disparam contra o fugitivo asiático. Ele escapa. As balas estilhaçam copos e pratos. Vemos um travelling enquadrando apenas as botas de um caubói. As botas percorrem o longo corredor do saguão ao restaurante. A máfia chinesa continua com os disparos. Eu me protejo atrás do cheque. Fábio, Max e Juliano se lançam sob a mesa. A câmera revela o caubói. É Jesus Kid. Ele entra, confiante, pelo restaurante e revida os disparos. Sua pontaria precisa desarma a chinesada. Todos os tiros acertam suas armas. Jesus Kid sopra o cano de sua Smith & Wesson. Vemos a fumaça. Desarmados, os chineses tentam fugir, mas Jesus os alcança e trocam sopapos. Jesus Kid desfere clássicos socos de caubói, deixando os chineses desacordados. Seu chapéu, após o embate, permanece firme sobre sua cabeça. Jesus

Kid me procura e me encontra. Aceno, emocionado. Jesus toca com o indicador a aba de seu chapéu. Feito isso, sai. A câmera o acompanha de costas pelo corredor do hotel. Quando chega ao saguão, tira a faca da bainha da bota e risca um grande jota sobre a madeira envernizada. Depois de deixar sua marca de praxe, se dirige à saída. Roda a porta giratória. A luz da rua nos ofusca a visão. Vemos uma tela toda branca. Ouvimos o ronco do motor de uma moto. Aos poucos, num fade-in surge uma reluzente Harley-Davidson. Sobre ela uma radiante pinup.

Jesus Kid monta na garupa. Tira o chapéu enquanto grita um: *yahoo!* A moto entra em movimento. Jesus sai de quadro. Surge: "The end".

Lourenço Mutarelli, 9 de julho de 2004

Lourenço Mutarelli nasceu em 1964, em São Paulo. Publicou diversos álbuns de quadrinhos, entre eles *Transubstanciação* (1991) e a trilogia do detetive Diomedes: *O dobro de cinco, O rei do ponto* e *A soma de tudo I e II*. Escreveu peças de teatro — reunidas em *O teatro de sombras* (2007) — e os livros de ficção *O cheiro do ralo* (2002, adaptado para o cinema em 2007); *O Natimorto* (2004, adaptado para o cinema em 2008); *A arte de produzir efeito sem causa* (2008, adaptado para o cinema em 2014); *Miguel e os demônios* (2009); *Nada me faltará* (2010); *O Grifo de Abdera* (2015) e *O filho mais velho de Deus e/ou Livro IV* (2018).